中國經典名著系列

水滸傳

施耐庵　原著

園丁文化

讓孩子擁有大智慧的
成長必讀書

研究表明，人在 13 歲之前記憶力最好，通過背誦或閱讀的文字，都會在腦海留下深刻的印象。在此時多閱讀優秀作品，充分發揮記憶力特長，從書中汲取營養，不僅對身心健康和智力發展大有裨益，而且會使人受益終生。

《中國經典名著系列》囊括中國古典四大名著《三國演義》、《水滸傳》、《西遊記》和《紅樓夢》。這些經典作品是中華民族寶貴的文化遺產，承載了華夏五千年文明的精髓，滋養了一代又一代少年兒童的精神世界。

《三國演義》描寫了從東漢末年到西晉初年之間近百年的歷史風雲。跌宕起伏的故事情節、悲壯恢宏的戰爭場景，讀來讓人驚心動魄，拍案叫絕。《水滸傳》裏，一百零八位好漢行俠江湖，劫富濟貧，除暴安良，他們懲惡揚善、精彩絕倫的英雄事跡讓人看了

拍手稱快，津津樂道。《西遊記》通過大膽豐富的藝術想像，創造了一個神奇絢麗的神話世界，成功地塑造了孫悟空這個超凡入聖的理想化英雄形象，曲折地反映出世態人情和世俗情懷，表現了鮮活的人間智慧。《紅樓夢》以賈、史、王、薛四大家族為背景，以賈寶玉與林黛玉的愛情悲劇為主線，展現了廣闊的社會現實生活，寫盡了多姿多彩的世態人情。

　　一個個栩栩如生的人物形象，一段段扣人心弦的故事情節，讓人讀來心潮澎湃，手難釋卷。在細細品讀的過程中，孩子們可以盡情領略古典名著的精華，激發生活的熱情和激情，開闊眼界和胸襟，變得更博學、更聰明、更智慧……

　　一起翻開此書，走進精彩奇幻的經典文學世界吧！

目錄

第一回
得罪高太尉

北宋末年，京城開封府有個門第衰落的破落戶子弟叫高二，是個**無賴**。他整天不務正業，但踢毬（粵音求）非常厲害，因此，人們便叫他「高毬」。

後來，皇帝的弟弟端王看中他的腳上功夫，讓他進入端王府中做事。高毬發跡得志後，便將名字改為高俅（粵音求）。

端王名叫趙佶，是一個毬迷，所以對高俅

格外看重。後來，端王當了皇帝，他任命高俅為掌管兵馬大權的殿帥府太尉。

高俅就職那天，幾乎所有文武官員都去殿帥府參拜**祝賀**，唯獨八十萬禁軍教頭王進因為生病沒有去。

高俅知道後，非常生氣：「哼！這王進分明是不把我放在眼內，才推說生病。來人哪！快把他給我抓過來！」

王進只好帶病來到殿帥府。

高俅說：「你這個小小教頭竟敢小看我，推說有病，卻在家裏安閒自在！你是倚仗誰的勢力？」

　　王進見了高俅，大吃一驚，想不到當年的無賴高二如今竟然成了自己的頂頭上司。他解釋道：「小人怎敢？實在是患病未癒，才無法前來啊！」

　　高俅從前與王進的父親曾有過節，對王進一直心懷怨恨，正想趁此機會痛打王進一頓，便喝令左右：「趕快拿下！給我使勁地打！」但眾官員都替王進求情，高俅不好強來，只好說：「今天看在大家的面子上姑且饒了你，明

天再跟你算賬。」

王進僥倖**逃過一劫**，但他知道高俅不會善罷甘休，回家後就和母親連夜離開京城，打算投奔延安府參軍。

途中，兩人在一位姓史的太公家中借宿時，王進的母親病倒了，兩人只好在史家住了一段時間。

一天，史家公子「九紋龍」史進在院子裏練棒。王進看見後，便說：「這棒雖然使得好，但還有破綻，贏不了真好漢！」

史進不服氣，要跟王進**比試**，結果輸了。

史進見王進的功夫這麼好，便拜他為師。

此後，史進每天在王進的指導下騎馬射箭，練習武藝，十分**刻苦**。

一晃半年過去了。王進見母親的身體已經恢復，史進的功夫也有了很大長進，便告別史家，投奔延安府去了。

後來，有人向朝廷告密，說史進與強盜勾結，官府便派人包圍了史家。史進燒了莊院，衝出重圍，獨自找王進去了。

第二回
拳打鎮關西

一路上，史進**風餐露宿**，十分辛苦。這天，他來到了渭州。在城裏打聽王進的消息時，他結識了一位叫魯達的提轄，還遇上了第一個教自己武功的師父「打虎將」李忠。

魯達為人疾

惡如仇，愛抱打不平，他見史進像條好漢，就提議大家一起去喝酒。

酒樓裏，魯達、史進和李忠正談得高興，忽然聽到一陣啼哭聲。魯達大怒，對着酒保罵道：「你怎麼讓人在隔壁哭哭啼啼，弄得我們不能盡興喝酒，我又不曾欠你酒錢！」

酒保解釋說：「官人請**息怒**。隔壁賣唱的父女兩人，因受不了當地一個姓鄭的屠夫欺凌，心裏委屈，才啼哭不止。」說完，忙去把兩人領了進來。

原來，這老漢姓金。金氏父女原本是東京人，來渭州投靠親戚，沒想到親戚都搬走了，父女二人只好流落街頭。當地有一個姓鄭的屠夫，綽號「鎮關西」，看上了金老漢的女兒翠蓮，強行將她納為小妾，許諾給三千貫聘錢，但其實分文未給。不到三個月，鄭屠的大老婆就把翠蓮趕了出來，還向他們索要那根本沒給的三千貫聘錢。金氏父女沒有辦法，只好在酒樓賣唱還錢。

魯達聽了，火冒三丈，拍着桌子大喝道：「豈有此理！我要去狠狠教訓一下那個無恥之徒！」他給了金氏父女一筆錢，讓他們回老家好好過日子，金氏父女非常感激。

魯達來到鄭屠的肉舖，說：「給我來十斤瘦肉，切成肉碎，不能有半點肥的。」鄭屠聽了，忙叫人去切肉。

魯達說：「他們手髒，你自己去切。」

鄭屠說：「是，是，小人自己去。」便去

肉案上選了十斤瘦肉，細細地切成肉碎，切了好一陣子才切完。

魯達又說：「再來十斤肥肉，不能有半點瘦的。」鄭屠雖心中不滿，卻也耐着性子把肉切好、包好交給魯達。

誰知魯達又說：「再給我十斤軟骨，剁成肉丁，不能有半點肉在上面。」

鄭屠放下刀瞪着魯達說：「莫非你是故意來玩弄我的？」

「沒錯！」魯達大喝一聲，將兩包肉猛地砸向鄭屠。鄭屠氣得要命，拿起剁肉的尖刀就朝魯達砍去。

魯達一把按住鄭屠的左手，用力踢向他的小腹，「撲通」一聲將他踢倒在街上。沒等他從地上爬起來，魯達又上前一步，一腳踏住他的胸脯，掄起拳頭說：「你只是個賣肉的操刀屠夫，也配叫『鎮關西』？」

說完，一拳打下去，正好打在鼻子上，打得那屠夫**鮮血直流**，鼻子也歪到了一邊。

鄭屠被打得動彈不了，尖刀也扔到了一邊，嘴裏卻還在叫：「打得好！」魯達一邊罵道：「還敢嘴硬！」一邊提起拳頭朝鄭屠的眉梢打下去，打得他眼眶裂開。

鄭屠受不了，開始連連求饒，可魯達並不理會，又一拳下去，正打中他的太陽穴。

這下，鄭屠直挺挺地躺在地上，不一會兒就斷氣了。

魯達知道自己闖下大禍，站起來故意指着鄭屠的屍體說：「沒膽的傢伙，竟然裝死，本大爺下次再跟你算賬！」說完，一溜煙地往城門方向跑去。

第三回
大鬧菜園子

　　魯達逃離渭州後，來到了代州雁門縣。在一個十字路口，他看見一輦人圍在那裏看貼在牆上的榜文。原來，鄭屠的家人已經到州衙告狀，官府正到處張貼告示，**通緝**捉拿殺人犯呢！這回，魯達不知如何是好了。

　　幸好，魯達遇見了在渭州酒樓救過的金老漢，原來金翠蓮到雁門縣後嫁給了大財主趙員外。為了報答魯達，金老漢便讓他在趙員外

家住下來。

　　俗話說，世上沒有密不透風的牆。魯達在趙員外莊上住了六七天後，便有三四個公差來打聽魯達。看來，此地不能久留了。為了不連累金老漢一家，魯達決定離開。趙員外知道事態嚴重，也不敢強留，就安排他到五台山文殊院做和尚。

　　魯達到了五台山，智真長老給他取了一個**法名**，叫智深。魯智深喜歡喝酒，也不守佛門規矩。智真長老

沒有辦法，只好把他安排到東京大相國寺去。

大相國寺的方丈早聽說魯智深喜歡鬧事，所以魯智深剛到東京，方丈就讓他去看守菜園子，以防他把寺裏鬧得不安寧。

有一輩無賴經常去菜園子偷東西，原先的老和尚很怕他們，不敢管。他們聽說新來了一個管事的，就商量着去菜園子給魯智深一個下馬威。

這天，無賴們拿着果盒、酒禮進了園子，見到魯智深，便趕上前**笑嘻嘻**地說：「我們都是街坊鄰居，聽說師父剛來，特意帶着禮品前來祝賀！」

無賴中有兩個首領，一個叫張三，一個叫李四。他們和眾無賴領着魯智深走到一個**糞坑**邊，忽然拜倒在地上。魯智深大踏步上前攙扶。兩人見了，便一個去拽魯智深的左腳，一個去拉魯智深的右腳。

魯智深早有準備，不等他們近身，便飛起

右腳，把李四踢進了糞坑。張三見狀，拔腿想跑。魯智深飛起左腳，把他也踢進了糞坑。

張三和李四害人不成，反倒害了自己，只好向魯智深求饒。魯智深見他們已經受到了懲罰，便答應放過他們。張三和李四狼狽地爬出糞坑，**忙不迭**地說：「謝師父饒命！」剩下的無賴們見魯智深的功夫這麼厲害，都非常佩服。

這天，無賴們又帶了酒肉來請魯智深吃。

　　一羣人正吃得高興，忽然聽到一陣烏鴉的叫
聲。一個無賴想把烏鴉趕走，便抬來一張梯子
準備上樹。

　　這時，魯智深走到樹下，彎下身子，右手
在下，左手在上，抱住那棵樹，然後吸了一口
氣，將腰使勁一挺，那棵樹竟被**連根拔起**！
無賴們見了，一齊拜倒在地。

　　魯智深卻說：「這算得上什麼！明天你們
都來看我練武。」從那天起，這些無賴每天都

帶酒肉來**孝敬**魯智深，看他練武使拳。

這天，魯智深正為無賴們表演舞鐵禪杖，八十萬禁軍教頭、人稱「豹子頭」的林沖剛好路過。他看到魯智深的功夫，忍不住喝彩：「使得好！」魯智深和林沖**一見如故**，便結為兄弟。

他們正喝酒慶祝時，林沖家的侍女慌慌張張地前來稟報：「不好了，一個無賴在五嶽樓調戲夫人呢！」

林沖聽後又急又氣，匆匆辭別魯智深，趕往五嶽樓。

第四回
野豬林遇險

　　林沖趕到五嶽樓，發現調戲自己妻子的無賴竟然是高俅的乾兒子高衙內。這傢伙專愛欺辱別人的妻女。林沖礙於高俅的面子，並沒有動手教訓他，而是忍着滿腔怒火放他走了。

　　誰知那高衙內對林沖的妻子念念不忘，回家後得了相思病，每天**茶飯不思**，不久便臥牀不起。高俅想替乾兒子出氣，決定找機會害死林沖。

一天，高俅聽說林沖買了一把寶刀，就派兩個差吏讓林沖把刀拿來看看。差吏把林沖帶到太尉府後堂，說要去稟報太尉，誰知卻一去不回。

林沖覺得奇怪，探頭往裏面看了看，只見屋內懸掛着一個匾額，上面寫着「白虎節堂」四個大字。

白虎節堂是商議軍機大事的地方，任何人都不得擅自闖入。林沖猛然醒悟，正要轉身離開，高俅卻已經帶着手下衝了過來，喝道：「林沖，你擅入白虎節堂，手執利刃，分明是想刺

殺本官。來人，給我拿下！」

高俅捉拿了林沖，把他押去開封府，待審明後處決。林沖這才知道中計，**據理力爭**。府尹知道林沖受冤，便判他脊杖二十，發配到滄州。

誰知高俅還不肯善罷甘休，命手下陸謙買通了押送林沖的差吏董超和薛霸，要他們在路上害死林沖。

董超和薛霸一路上想盡辦法折磨林沖，把他打得**遍體鱗傷**。這天，他們來到人跡罕至的野豬林。董超和薛霸暗地裏決定在這裏殺死林沖。

薛霸故意説：「我們要睡一會兒，又怕你跑了。」林沖説：「我是個好漢，官司已經吃了，一世也不逃跑。」

董超説：「哪能信你的話，只有把你綁上，我們才能睡得安穩。」薛霸當即從腰上解下繩子，把林沖緊緊綁在樹幹上。

接着，薛霸舉起水火棍，**猙獰**地對林沖説：「不是我們想要你的性命，是高太尉不肯放過你！你別怨我們。」

林沖聽了，傷心地説：「我與兩位**無冤無仇**，你們為何要這樣加害於我？」

薛霸喝道：「少廢話！」説完，舉起水火棍就往林沖腦袋上劈下去。

説時遲，那時快，只聽雷鳴般的一聲吼叫，林子裏飛出一條禪杖，將薛霸的水火棍打飛了。原來是魯智深來了。兩個差吏見魯智深身材魁梧、目露凶光，嚇得魂飛魄散，連忙跪地求饒。

　　林沖忙說：「大哥，**手下留情**，是高太
尉要取我性命，不關他們的事。」魯智深聽了，
只好收住禪杖。

　　魯智深割斷繩子，把林沖扶起來，說：「兄
弟，聽說你吃了官司，我非常擔心。我怕押送
的人會在路上害你，特地趕來，一早就在這林
子等着了。如今他們果然想害你，我正好殺了
他們！」

　　林沖說：「既然大哥已經救了我，就別再

害他們的性命了。」魯智深聽了，又教訓了兩個差吏一通，才饒了他們。

為確保林沖安全，魯智深決定護送林沖一程。

一路上，魯智深把林沖照顧得**無微不至**。快到滄州時，他才決定和林沖道別。

臨走前，魯智深對薛霸和董超說：「本該在路上砍了你們兩個的腦袋，不過看在我兄弟的面子上，饒了你們性命！」

　　接着，他拿起禪杖，劈斷一棵松樹，説：
「如果你們再有壞主意，我就讓你們的頭和這
樹一般！」嚇得他們兩人直打**哆嗦**。

　　魯智深知道林沖這一路上不會再有危險，
便和他告別，放心地走了。

第五回
山神廟雪恨

　　魯智深走後，林沖三人來到「小旋風」柴進的莊上。柴進為人**豪爽**，喜結天下英雄，人稱「柴大官人」。林沖和柴進以前互聞大名，一見之下，十分投緣。

　　柴進把林沖留在莊上，一連住了五六天，每天都以好酒好飯招待。等到林沖要起程繼續前往滄州，柴進就給滄州府尹、牢城的管營和差撥寫了信，請他們照顧林沖。

到了滄州，府尹看在柴進的面子上，給林沖安排了一份輕鬆的差事——看守草料場。

時光飛逝，轉眼就到了隆冬時節。一天，天下起了鵝毛大雪，林沖覺得身上冰冷，便出去買酒喝。

等打好酒回來，他發現自己住的草房被大雪**壓垮**了，只好從倒塌的房屋下拉出一張被子，來到附近的山神廟住一晚。因為風大，他就搬了塊大石頭頂住了門。

林沖喝了幾口酒，忽然間透過壁縫看見草料場**起火**了。他拿起花槍，正要開門去救火，卻聽見外面有人說話。

林沖伏在廟門後一聽，是三個人的腳步聲，直奔廟裏來。那三人用手推門，卻被石頭頂住，怎麼也推不開，便站在廟簷下看着那漫天火光說起話來。

其中一個說：「這計策不錯吧？」另一個應道：「多虧管營、差撥兩位用心。等我回

到京師，一定稟報高太尉，保你們兩位都做大官。」

　　原來，説話的人是高俅的手下陸謙和滄州的差撥、管營，他們正在 **得意** 地談論剛才放火想燒死林沖的主意。

　　林沖聽了，火冒三丈。他把石頭移開，右手提槍，左手拉開廟門，大喝一聲：「看你們往哪裏逃！」説着，一槍戳倒了差撥。那管營沒走出十來步，就被林沖趕上，一槍戳到後背，倒地死了。

林沖轉回身來，趕上陸謙，劈胸一提，將他丟翻在雪地裏，用腳踏住他的胸脯，取出尖刀，質問道：「惡賊！我和你無冤無仇，你為什麼這樣害我？」

陸謙求饒道：「饒命啊！這都是太尉差遣，小人不敢不從啊！」林沖一把扯開陸謙的上衣，把尖刀刺進了他的心臟。

這下，林沖才稍微消了胸中怒氣。他想到自己殺了人，不能再留在滄州，便提起花槍，衝出廟門往東走去。

林沖這一走，又來到了柴進的莊上。林沖將火燒草料場一事細細說了，柴進**歎息**一番，留他住下。

住了六七天，林沖得知滄州府張掛榜文緝捕自己，便向柴進辭行。

柴進說：「山東濟州有個水鄉叫**梁山泊**，方圓八百里。如今，『白衣秀士』王倫等好漢帶領七八百個小嘍囉在那裏聚義。許多犯了**彌天大罪**的人都投奔那裏避難。王倫與我交情不錯，我寫一封信介紹你去那裏入伙吧！」

十多天後，在漫天大雪中，林沖無奈地踏上了前往梁山泊的路。

第六回
林沖遇楊志

　　這一日，林沖終於來到水泊梁山。梁山泊的寨主王倫見了柴進的信，便安排酒席招待林沖。

　　王倫是個**心胸狹窄**的人。他見林沖武藝高強，心裏不想留他，但礙於柴進的面子，又不能直接拒絕，便給林沖開出一個條件：在三天內殺死一個人才能入伙。

　　林沖答應了。他在山下一連等了兩天，也

沒遇到一個獨自過路的，很是煩躁。

　　第三天早晨，林沖好不容易等來了一個過路的人，但他不忍心殺那個**無辜**的人，就把他放走了。

　　又等了好久，從山坡下走來一個大漢。林沖猛地跳出樹林，攔住那大漢，喝道：「不要走！」

　　那漢子身材高大，臉上有一大塊青痣，提着朴刀，瞪着林沖大聲叫道：「殺不盡的惡賊，我正要捉你們，你倒自己**送上門**來了！」

林沖正在氣頭上，也不答話，提槍直奔那漢子。漢子也舉起手中的朴刀相迎。兩個人一來一往，打了四十多個回合，也沒分出勝負。

這時，山上有人喊道：「兩位好漢不要打了！」原來是王倫帶着手下走下山來。王倫問那大

漢：「青面漢，你是誰？」那大漢說：「我姓楊，名志。」

王倫聽了，問道：「難道你就是綽號叫作『青面獸』的楊志？」楊志說：「正是。」

王倫說：「請楊兄弟到山寨喝幾杯水酒。」

楊志跟王倫一行人乘船過了河，來到山寨。其實，王倫請楊志上山寨是另有目的——想留下楊志**對付**林沖。

酒席間，王倫邀請楊志入伙，誰知楊志還

想做官，拒絕了他的邀請。王倫見楊志態度**堅決**，不便再說什麼，只好讓他離開，收了林沖。

楊志先前做制使時，因為遇到風浪打翻了船，弄丟了皇上的花石綱而流落關西。離開梁山泊後，他回到東京，向高俅請求復職，沒想到卻被趕出了殿帥府。

楊志這時已經用光了身上的盤纏，只好上街叫賣家傳寶刀，卻又遇上了**蠻橫無理**的無賴牛二。

這牛二是京城裏有名的無賴，他整天招惹是非，開封府也治不了他。滿城的人都怕他，見了他就遠遠躲開。

牛二見楊志在叫賣**寶刀**，便走到他的面前，想要搶那把寶刀。眾人都怕這個無賴，誰都不敢來勸。

牛二趁機撒起野來，口裏叫罵着，就一拳向楊志打來。楊志一生氣，拿着刀往牛二脖子上一抹，牛二頓時撲倒在地，很快就斷了氣。

楊志拿着刀，來到
衙門自首，將殺死牛二的
前因後果對府尹説了一遍。

　　府尹審理案件後，將楊志發
配到北京大名府**充軍**。

　　北京大名府留守司的留守梁
中書是東京當朝太師蔡京的女
婿，他聽説楊志功夫了得，
覺得是個可用之才，就把楊
志留在自己府中，讓他為自
己辦事。

　　後來，在幾次教場比
武中，楊志都取得了勝
利，又被提拔為管軍
提轄使。

第七回
赤髮鬼送信

鄆城（鄆，粵音運）是梁山泊附近的一個縣。縣裏有一富户，人稱「托塔天王」晁蓋，平生仗義疏財，愛結交天下好漢。

鄆城縣裏有個都頭叫雷橫。一天，他在廟裏捉到了一個喝醉酒的大漢，並將他帶到晁蓋的家裏借宿。

半夜，晁蓋偷偷去給大漢送食物。那大漢說：「我聽說晁蓋大哥**仗義疏財**，特地來投

奔你。」晁蓋
聽他這麼說，便
決定把他救下來。

第二天，晁蓋跟雷橫說那大漢
是他的親戚。雷橫聽了，便收下晁蓋的
十兩贖金，留下那大漢，帶着士兵走了。

回到後廳，晁蓋取出幾件**乾淨**的衣服，叫
那大漢換上，問道：「你找我有什麼事？」那
大漢說：「小人姓劉，名唐，因為鬢邊有塊硃
砂痣，人們都叫我『赤髮鬼』。我是特地來給
晁蓋大哥送財寶的。昨夜，我醉倒在廟裏，沒
想到被他們抓住了。」

晁蓋問：「你説送財寶給我，財寶在哪裏？」

劉唐説：「我打聽到，北京大名府梁中書收買了十萬貫金銀珠寶作為生辰綱，要在六月十五日前送上東京，給他丈人蔡太師**慶壽**。這些寶物肯定是不義之財，我們半路上把它劫了，老天一定不會怪罪。如果大哥有心辦這件事，小弟我願助**一臂之力**。不知大哥意下如何？」

晁蓋高興地説：「好！這事明天再詳細商量。你一路辛苦，先到客房歇息一下吧！」

　　劉唐回到客房，想到雷橫錯抓了自己，越想越生氣，決定去找雷橫把晁蓋的贖金要回來。

　　劉唐追了好一會兒，才看到雷橫和士兵們的背影。他又加緊腳步，舉起朴刀，直朝雷橫砍去。雷橫回過頭來，冷笑一聲，拎起手中的朴刀相迎。兩人你來我往，鬥了五十多個回合，還是沒分出勝負。

　　這時，一個人從路旁的一道籬門中走出

來，高聲叫道：「請兩位好漢住手，我有話說！」雷橫、劉唐便都收回朴刀，站住了腳。

來人一副秀才的樣子，眉清目秀，面白鬚長，戴一頂桶子樣抹眉梁頭巾，穿一件皂沿邊麻布寬衫，腰繫一條茶褐鑾帶，腳上絲鞋淨襪。這個人叫吳用，**學問淵博**，足智多謀，人稱「智多星」。

吳用把身子擋在雷橫和劉唐之間，想要勸住他們。這時，晁蓋趕來了。他走到雷橫面前向他**賠罪**。雷

橫見晁蓋態度謙恭，便不再計較，帶着士兵離開。

晁蓋領着劉唐和吳用來到後堂，把劉唐的來歷和準備劫生辰綱的事都告訴了吳用。沒想到吳用和晁蓋、劉唐二人一拍即合，三人商議了一番，便**分頭**行動起來。

他們請來了石碣村的阮家三兄弟——阮小二、阮小五和阮小七，還請來了「入雲龍」公孫勝和「白日鼠」白勝。

這下，劫生辰綱的成員都**到齊**了。

第八回
智取生辰綱

　　離太師的生日越來越近了，梁中書決定讓楊志來負責**護送**生辰綱。楊志問：「大人這次準備怎麼走？」

　　梁中書說：「叫大名府派十輛車子，每輛車上各插一面黃旗，上邊寫上『獻賀太師生辰綱』幾個字……」

　　楊志一聽，忙說：「不能這麼做。這一路上要經過二龍山、黃泥岡，這些地方常有強盜

出沒，他們看到旗子，一定會來搶劫珠寶財物的。我們不如打扮成商人，把禮物裝在擔子裏，悄悄送上東京。」梁中書聽了，連連**稱讚**這個主意好。

　　兩天後，楊志辭別梁中書，率領眾人挑起擔子，踏上了護送生辰綱之路。

　　這時正值五月中旬，天氣**酷熱**，楊志領着眾人每天拚命趕路。這天到了黃泥岡，士兵們再也不肯走了，楊志只好同意休息一下。

　　這時，樹林中走來七個賣棗的商人，

楊志擔心是盜賊，不讓士兵們和商人打招呼。

不一會兒，又有一個漢子挑着一擔酒，唱着歌走上岡來。士兵們想湊錢買酒喝，可楊志怕酒裏有蒙汗藥，不讓他們去買。

賣棗的商人們卻毫不顧忌，他們買了一桶酒，爭着大口大口地喝起來。快喝完時，一個商人打開另一桶酒，舀了半瓢喝。賣酒的漢子想搶過酒瓢，商人便走進林子。

那商人出來後，見買的那桶酒已經喝完了，便又想再舀另一個桶裏的酒。賣酒的漢子見了，

急忙奪下商人手中的
瓢，把酒倒回桶裏，生氣地
説：「你們就買了一桶酒，另外這桶要付了錢
才能喝！」

士兵們聞着酒香，饞得口水都要流出來
了。楊志見賣棗的商人們喝了沒事，便同意士
兵們去買酒喝。

眾人忙湊了錢擁上前去，你一瓢我一瓢地
大口喝起來。楊志也耐不住口渴，順手拿起瓢
喝了半瓢酒。很快，一桶酒就被喝了個精光。

這時，那七個賣棗的商人站在一旁，指着

楊志等人叫道：「倒下！倒下！」士兵們頓時覺得**頭重腳輕**、身子發軟，不一會兒，真的全部昏倒在地。

棗商們推出小車，把車上的棗子都丟到地上，又將楊志押送的金銀珠寶裝上車，飛也似的走了。楊志雖然喝得少，還沒失去意識，但四肢動彈不得。他眼睜睜地看着寶物被劫走，只能在心裏暗自**叫苦**。

這七個賣棗的商人是誰？正是晁蓋、吳用、公孫勝、劉唐和阮家三兄弟。那挑酒的漢子就是「白日鼠」白勝。

他們是怎
樣放蒙汗藥呢？原來
剛挑上岡的都是好酒，七
人先喝一桶，故意讓楊志他們看
到，然後揭開另一桶，又舀半瓢喝了，
讓楊志看了放心。接着吳用走進林子取出

藥來，撒在瓢裏，故意又去舀了半瓢要喝，卻被白勝奪了過去，倒回桶裏。這時藥已溶在酒裏，這就是吳用的**計策**。

楊志酒醒後，想到生辰綱丟了，怕梁中書怪罪，不敢回大名府，只好四處流浪。後來，他來到二龍山，結識了花和尚魯智深。兩人一見如故，很快成了好朋友，還一起奪取了二龍山，成了那裏的新寨主。

第九回
宋江救晁蓋

　　那些士兵清醒後，趕回大名府，把丟失生辰綱的責任全部推給楊志。梁中書聽了，**勃然大怒**。他寫了公文，派人連夜送到濟州府，催促破案。蔡太師知道這件事後，命濟州府尹在十天內破案。

　　府尹急了，把緝捕使臣何濤找來，讓他儘快破案，否則就重重懲罰他。

　　何濤接到命令後，不知從何下手。他弟弟

何清到處**打聽**，得知打劫生辰綱的是一夥賣棗子的和賣白酒的商人。何濤經過周密的調查，終於抓住了「白日鼠」白勝。

白勝經不住**嚴刑拷打**，只好說出自己和晁蓋等人一起劫生辰綱的經過。

府尹立即下公文，派何濤帶領二十個眼明手快的人去鄆城縣捉拿晁蓋一夥人。

何濤在鄆城縣的茶坊遇見一個押司，此人叫宋江，面黑身矮，有個外號叫「黑宋江」。宋江

精於書寫，愛習槍棒，學
得多般武藝，平生只好結識江
湖好漢，為人排憂解難，濟人貧苦，救人急難，
江湖上人稱「及時雨」。

　　何濤把生辰綱被劫、府尹命令捉拿晁蓋等
人的事告訴了他，請他幫忙捉人。

　　宋江與晁蓋交情很深。他想：晁蓋是我的
知己兄弟，他現在犯了彌天大罪，如果我不救
他，他肯定會丟掉性命！於是，宋江一口答應
幫忙抓人，然後推說有事要處理，匆忙告別何
濤，策馬往晁蓋莊上趕去。

這時，晁蓋正在和吳用、公孫勝、劉唐一起喝酒閒聊。阮氏兄弟分了錢財，已經回石碣村了。晁蓋聽莊客說宋江來了，連忙出來迎接。

晁蓋見宋江一臉**焦急**，便問他有什麼急事。

宋江說：「你們搶劫的事情已經被查出來了，官府正要派人來抓捕你們，你們趕緊逃吧！」晁蓋聽了，大吃一驚。

交待後，宋江不敢多留，立刻騎馬回去。晁蓋問吳用該怎麼辦。吳用建議道：「我們去石碣村避一避吧。」於是，一行人**匆匆**收拾了簡單的行李就上路了。

他們在路上得到阮家兄弟的接應，一起來到石碣村湖泊，住在了阮小五家中。然而，官府不久就得知了晁蓋等人逃跑的消息。當晚，知縣吩咐縣尉和朱仝（粵音同）、雷橫兩個都頭，帶上一百多名士兵，和何濤等人前去捉拿犯人。

雷橫和朱仝與晁蓋交情極深，有心放走晁蓋。兩人只是象徵性地打鬥了一陣，就率眾人返回了。

經過這次的事情，晁蓋等人覺得不宜留在石碣村，決定投奔梁山泊，另找**安身立命**之所。

第十回
林沖殺王倫

　　晁蓋等人來到梁山泊後，受到了王倫的熱情款待。席間，精明的吳用看出王倫其實不想收留他們，而林沖卻很為他們**抱不平**，吳用便私下試探林沖，心中很快有了主意。

　　第二天，王倫的幾個手下來請晁蓋等人：「寨主在山南水寨亭上設宴，請眾位好漢赴會。」晁蓋答應了。吳用悄悄地對晁蓋等人說：「這次宴會上王倫如果不留我們，林教頭一定

會和他**火拼**。各位見了，可以協助林教頭，一齊動手解決王倫。」

　　酒宴中，晁蓋一提起聚義的事，王倫便岔開話題。吳用偷偷觀察林沖，發現他正側坐在椅子上，滿臉不快地瞪着王倫。

　　酒過三巡，王倫對手下說：「取銀子來！」不一會兒工夫，手下端來一個盤子，盤中放着五錠白銀。王倫站起身，舉起一杯酒對晁蓋說：「感謝眾位豪傑到此聚義。只是山寨狹小，無法容下各位。這點**薄禮**請眾位收下，好到別處安頓。」

晁蓋說：「寨主若是不肯收留，我們當自行告退。至於所賜白銀，實在不敢領受。請寨主把厚禮收回，就此告別。」

王倫說：「其實我也
很想把眾位豪傑留下來，
以壯大山威，只是山寨**糧少
房缺**，恐日後誤了眾位前程。」

王倫話音剛落，林沖就站起身來，雙眉倒
豎，兩眼**圓睜**，大聲喝道：「上次我來時，你
也說糧少房缺。今日晁兄和眾位豪傑到來，你
又用這話推託，太可恨了！」

吳用假意勸道：「林教頭，請息怒，要是因為我們幾個壞了你們弟兄的情分，就真是不好意思了。再說，今天王寨主是以禮相送，又不是把我們趕下山。王寨主，你放心，我們這就告辭。」

林沖說：「他這是**笑裏藏刀**。我今天決不放過這種奸人！」

王倫又急又氣，喝道：「你怎敢如此說話？真是沒有規矩！」

這時，林沖早已忍耐不住。他飛起腳踢翻桌子，接着從衣襟下拔出一把明晃晃的刀，直奔王倫。

吳用見時機已到，忙用手摸了摸鬍鬚。眾好漢見了暗號，都心領神會。晁蓋、劉唐上前一步攔住王倫，其餘各人分別攔住山寨三個頭領：阮小二攔住杜遷，阮小五攔住宋萬，阮小七攔住朱貴。旁邊那些隨侍的小嘍囉全都嚇得目瞪口呆。

林沖跳到王倫面前，一把揪住他胸口的衣服，罵道：「你這嫉賢妒能的小人！你無德無才，根本就不配做山寨之主，留你何用？」說完，他提起尖刀，對準王倫的心窩刺了進去。王倫「哎呀」一聲，倒在地上。眾頭領見了，都嚇得立刻跪在地上，不敢反抗。

林沖請晁蓋坐上第一把交椅，對眾人說：

「晁天王智勇雙全，是寨主的最佳人選，大家看怎麼樣？」眾人齊聲叫好。

梁山泊好漢們按座次一一坐定，山前山後共有七八百人來參拜。晁蓋下令讓大家囤積糧食、打造武器，以防官兵來襲。就這樣，梁山泊在晁蓋的領導下日益強盛，越來越興旺了。

第十一回
怒殺閻婆惜

晁蓋一直牢記宋江的**救命之恩**，想找機會好好報答他。

一天，宋江正在酒樓裏喝酒，赤髮鬼劉唐進來向他行禮。宋江大驚，忙問：「你怎麼敢到這裏來？」

劉唐說：「晁哥哥做了梁山泊寨主，特派我送來書信和一百兩金子酬謝宋押司。」

宋江看了晁蓋的信，就只取了一錠金子，

和信一起放入公文袋，説：「賢弟，你趕快回山寨去，不要在這裏停留。」劉唐見宋江如此推卻，不再堅持，拜了四拜，便連夜回梁山去了。

宋江送走劉唐後，趁着月色去了小妾閻婆惜的家。

閻婆惜品行不端，暗中有個相好叫張三，所以，她與宋江的關係並不好。這天夜裏，宋江沒睡好，好不容易挨到五更，便出門去了。

他來到一家茶館，想買碗茶喝，伸手往腰間一摸，發現沒帶銀子，這才想起自己的公文袋留在閻婆惜家裏了。

　　宋江心想：那錠金子倒不要緊，若
是晁蓋的信被閻婆惜拿去，那就糟了！想到這
裏，宋江連忙轉過身，急慌慌地向閻婆惜家
趕去。

　　再說閻婆惜見宋江走了，而宋江的腰帶、
佩刀和公文袋都還掛在牀邊的欄杆上，便伸手
拿過來。她覺得公文袋有些重，就伸手進去掏
了掏，沒想到摸出一錠黃金和一封書信。她
打開書信一看，發現宋江和梁山泊的強盜有來

往，心裏立刻有了打算。

正在此時，閻婆惜聽見了宋江的腳步聲。她連忙把腰帶、佩刀、公文袋捲在一起，藏進了被子裏，自己面朝牀裏面躺下，假裝睡着了。

宋江來到樓上，往牀邊欄杆上一看，發現東西沒了，心裏又急又慌，只好忍住怒氣問閻婆惜要袋子。

閻婆惜翻身坐起來，説：「想讓我還你公文袋，你要答應我三件事。」

宋江説：「不要説三件，就算是三十件，我也答應你。你儘管説。」

閻婆惜得意地説：「**第一件**，你寫一張文書，同意我改嫁張三；**第二件**，我頭上戴的、身上穿的、家裏用的全都歸我，你要寫張文書，以後不來向我索回；**第三件**，你把梁山泊賊人送你的一百兩黃金全都給我。」

宋江説：「前兩件我都答應你，只是第三

件，那信上雖然寫的是送我一百兩黃金，可是我只留了一錠，你如果真想要，就把它拿去好了。」

閻婆惜卻不相信，死活不肯交出公文袋。宋江不想再和她爭辯，就撲上去搶奪。他猛一用力，將那把佩刀拉落在地，便順勢撿起刀子，握在手裏。

閻婆惜見狀，嚇得大聲叫道：「黑三郎殺人啦！」

她這一叫，倒提醒了宋江。他衝上前去，將閻婆惜按倒，一刀把她殺死了，然後取過公文袋，抽出晁蓋的信，在燈上燒了，大步走出門去。

　　宋江想到自己殺了人，在鄆城縣是待不下去了。他在一些江湖朋友的**暗中**幫助下，去滄州投奔柴進。

第十二回
景陽岡打虎

　　宋江到了柴進莊上，受到了柴進的熱情款待。在莊上，他又巧遇清河縣的武松，武松也久仰「及時雨」宋江的大名。二人英雄惜英雄，便結為**八拜之交**。

　　過了些日子，武松思念家鄉，便回清河縣看望哥哥。

　　這天，武松來到了陽穀縣。晌午時分，他肚中飢渴，看見前面有家酒館，酒旗上寫着「三

碗不過岡」五個字，便走進店裏坐下。原來，這家店的酒非常厲害，客人喝下三碗必定會醉，因此叫作「三碗不過岡」。可武松一連喝了十五碗酒，也**毫無醉意**。

武松笑道：「喝了這麼多碗，我卻不曾醉。店主人，你怎麼說『三碗不過岡』了？」說完，提了哨棒便走。

店主連忙攔住他，要留他住宿，說景陽岡上夜晚常有老虎出來傷人，已經奪去二三十條大漢的性

山上有虎，須結伴過岡，

命了。但武松並不相信，還是
提着哨棒，大步朝景陽岡上走去。

　　武松走了四五里路，來到岡下，只見一
棵大樹上寫着：山上有虎，須結伴過岡。武松
以為是店主為了讓客人留宿而搗的鬼，並不理
會，繼續往前走。

　　不知不覺，他走到了岡下的山神廟，看見
牆上貼着關於山裏有虎傷人的公文，這才相信
岡上真的有老虎。武松見紅日西沉，想返回酒

75

館，但又怕遭人恥笑，便壯着膽子說：「怕什麼！我倒要看看這老虎能把我怎樣！」

武松向岡上走了一陣，酒力發作，渾身燥熱，便一手提着哨棒、一手扯開胸前的衣服，袒露胸膛踉踉蹌蹌往前走。不一會兒，他看見路邊有一塊光溜溜的大青石，便躺在上面休息。

忽然，林中颳起一陣風。緊接着，從亂樹後面跳出一隻吊睛白額大老虎！武松見了，驚出一身冷汗，酒也醒了。他立刻從青石上翻身

跳下，拿起哨棒閃到一旁。

老虎見了武松，把兩隻前爪往地上按了按，縱身往上一撲，從半空中躥下來。說時遲，那時快，武松連忙閃身避到老虎身後。老虎看不到武松，便用前爪搭地，將腰胯一掀，武松一**閃**身，又躲開了。

老虎見掀不着武松，就豎起鐵棒似的尾巴，朝武松一**掃**，武松又閃到了一邊。趁老虎還沒縱身躍起，武松雙手提起哨棒，用盡全身的力氣，一棒從半空中劈下！哪知哨棒打在一棵枯樹上，斷成兩截。

老虎見幾個回合下來都沒傷到武松，**惱羞成怒**，縱身向武松猛撲過來，兩隻前爪恰好落在他面前。武松飛身一躍，騎到了老虎背上，趁勢揪住牠頭上的花皮，把牠按在地面上，用盡全力，打了牠六七十拳。

老虎漸漸沒了力氣。武松怕牠不死，到樹邊拾起半截哨棒，回來又打了一二百下，直到老虎一絲氣息也沒有才罷手。

隔天，武松打死老虎的消息傳遍了全縣，人們都很**佩服**他。

第十三回
武松報兄仇

武松因為打死了老虎，得到了陽穀縣知縣的賞識，被任命為步兵都頭。

恰好武松的哥哥武大郎因為受人欺負，從老家搬到了陽穀縣居住。武松和哥哥重逢，非常高興。

這武松兄弟雖由同一母親所生，但武松身長八尺，儀表堂堂，渾身上下有千百斤力氣；武大郎卻身長不到五尺，面目醜陋，短矮可笑，

與武松的高大英俊有**天壤之別**。

武大郎的妻子潘金蓮年方二十，長得貌美如花，她一直嫌棄武大郎又矮又醜。

她見了武松，得知打虎英雄竟然是自家兄弟，**心花怒放**，就讓武松搬回家住。這潘金蓮心懷鬼胎，常常趁武大郎出去賣燒餅時，有意對武松親熱。武松不搭理她，訓斥了她一頓後，搬回衙門住了。

一天，武松到東京公幹。他來回花了兩個月才完成這份差事。誰知，等他回來時，哥哥武大郎竟然已經死了。

潘金蓮說武大郎是**急病**去世的。武松不信，懷疑哥哥是被人害死的，決定設法查出真相。

他把驗屍官何九叔請來喝酒，向他了解情況。喝過三五杯酒，武松揭起衣服，「嗖」的一聲抽出一把尖刀插在桌子上，說：「我武二雖說粗魯，也還懂得冤有頭、債有主！你不要

驚慌，只要把我哥哥的死因如實説出來，便沒你的事。若是有半句隱瞞，我這把刀饒不過你！」

何九叔一看，嚇得渾身發抖。他從衣袖裏取出一個小布袋，放在桌子上。武松打開布袋，只見裏面有兩塊酥黑的骨頭，還有十兩銀子。

何九叔把當地大官人西門慶暗送銀兩以及自己驗屍、火化時所見的情形跟武松細説了一遍。然後，他又拿起那兩塊骨頭，説：「這酥黑的骨頭就是大郎中毒身亡的證據。大郎被害，一定和西門慶有關。小人還聽

説，在街上賣梨的鄆哥曾領大郎去王婆家裏鬧事。」武松聽了，強忍住滿腔怒火，讓何九叔去找鄆哥來。

不到半個時辰，何九叔便領着鄆哥走了進來。鄆哥早就看不慣西門慶的**橫行霸道**了，就把自己見到、聽到的都告訴了武松。武松聽完，站起來説：「你們隨我到縣衙去，做個證人吧！」

武松帶着何九叔和鄆哥來到縣衙告發

西門慶，可知縣拿了西門慶的好處，不肯受理這件案子。

　　武松沒辦法，只好借着祭拜武大郎的機會，請鄰居來家中喝酒。席間，武松讓潘金蓮說出武大郎的真正死因。潘金蓮想**狡辯**，武松拔出刀「咔嚓」一下插在桌子上，一把揪住潘金蓮胸口的衣服將她拉到跟前。

　　潘金蓮慌忙叫道：「叔叔，你饒了我吧！我說！我說！」原來，她早與西門慶相好，後來，兩人為了能做長久夫妻，就趁武松出差的機會，**合謀**把武大郎毒死了。

　　武松叫人錄了口供，等潘金蓮簽了字、畫了押後，

就把她殺了，為哥哥報仇。

接着，他打聽到西門慶在獅子樓喝酒，便趕到獅子樓。

西門慶見武松**來勢洶洶**，連忙逃走，卻被武松一把抓住，扔下了獅子樓。

武松又立刻趕到樓下，一刀了結了西門慶。

武松回家祭奠完哥哥，就帶着潘金蓮的口供到衙門自首。知縣佩服武松的為人，便將他從輕發落，發配去孟州充軍。

第十四回
醉打蔣門神

到了孟州牢城，武松非但沒有受到打罰，還天天有酒喝、有肉吃，日子過得還算輕鬆。這究竟是怎麼回事？

原來，這一切都是小管營「金眼彪」施恩安排的。施恩向來敬仰武松，得知他來到孟州，便一直照顧他。而且，施恩還想請武松幫忙奪回被蔣門神奪走的酒館——快活林。武松見施恩待人誠懇，就和他交了朋友，還答應幫他奪

85

回快活林。

這天，武松喝下許多酒，來到了快活林。他一進門便大聲叫道：「打些酒來！」酒保見武松身材魁梧，又醉了，不敢惹他，連忙熱了一碗上等好酒，給武松送來。

武松端碗喝了一口，見蔣門神不在店裏，就裝出**醉醺醺**的樣子指着蔣門神的小妾說：「叫那小婦人過來陪我喝酒！」

那婦人原本坐在櫃台後收錢，聽了這話，勃然大怒，推開櫃子想跑出來罵人。

武松一步跨到櫃台邊，
一手抓住那婦人的腰，一手**揪**住她
的頭髮，隔着櫃子將她提起來，丟進了
酒缸裏。

幾個酒保看見了，一起奔向武松，武松伸
手提起一個，用力朝酒缸裏一扔，那傢伙便頭
朝下栽了進去。隨後，武松一拳一腳，又打倒
一個、踢飛一個。還有一個被武松一把掐住脖
子，提起來扔進了酒缸。剩下的也被打得**落花
流水**，連滾帶爬地逃跑了。

武松心想：這幾個逃走的酒保一定是報告

蔣門神去了。等我迎上去，在大街上打倒他，讓眾人看個笑話。

武松走出酒館不遠，便遇到了**怒氣沖沖**急奔過來的蔣門神。武松先用拳頭在蔣門神臉上虛晃一招，轉身便走。

蔣門神大怒，追上來，被武松飛起一腳踢中了小腹，痛得雙手按住肚子蹲了下去。武松抬起右腳直踹蔣門神的額角，踢個正着，蔣門神慘叫一聲往後

倒去。武松上前一步，踏住他的胸脯，提起拳頭便往他臉上打，接着還使出了他的平生**絕學**「玉環步」、「鴛鴦腳」。

蔣門神被武松打得疼痛難忍，只能不住地求饒。武松喝道：「想要我饒你性命，你要答應我三件事。」蔣門神忙不迭地說：「好漢，請說！」

武松說：「**第一件**，快活林酒館是你強奪施恩的，你要立即還他。**第二件**，你要當着快活林各路英雄豪傑的面前，給施恩賠禮。**第三件**，你辦完事後，連夜滾回老家，不許留在孟州。否則我見一次打一次，輕則打得你半死，重則結束你的性命。你答應嗎？」蔣門神羞慚滿面，連聲應「是」。

武松抬起腳，蔣門神從地上掙扎着爬起來。武松鄙夷地說：「景陽岡上的猛虎，我也只用了三拳兩腳就把牠打死了，你算得了什麼！」

蔣門神聽了這話，才知道打他的大漢就是武松。誰料，蔣門神事後和官府勾結，設下詭計陷害武松，將武松定了罪，押入大牢。多虧施恩上下打點，武松才沒吃多少苦頭。坐滿兩個月牢後，武松被發配恩州牢城。蔣門神仍不肯放過武松，打算讓差吏在半路上了結他，但被武松識破詭計。

武松殺了差吏，連夜趕回孟州城，殺了蔣門神，並在牆上留下血書：「殺人者，打虎武松也！」方才出了心頭恨氣。

武松提刀出了孟州，跑到二龍山去投奔魯智深，並在那裏入伙。

第十五回
小李廣被囚

　　人稱「小李廣」的花榮和宋江是好朋友，但兩人已經五六年沒見過面了。

　　宋江接受花榮的邀請，來到清風寨作客。宋江在寨中住了一個多月，每天去清風鎮上觀看**市井繁華**。

　　這天，宋江獨自在鎮上走着，被清風寨正知寨劉高的夫人看見了。這個劉夫人曾被清風山的三個頭領擄去，當時宋江正好在清風山作

客，就代為求情，把她救了出來。沒想到，她竟然恩將仇報**污衊**宋江，說是宋江擄走她的。

劉高信以為真，讓人把宋江抓起來，還把他打得皮開肉綻。身為副知寨的花榮得知後，帶齊人馬救出了宋江。

不過，花榮雖然勇猛，謀略算計卻不及劉高。劉高心中尋思：花榮這一去，必然連夜放宋江上清風山，明天卻來和我**抵賴**。不如我今夜差二三十名軍漢去路上等候，若能抓到人，先悄悄關在

家裏，再暗中派人去州裏通知軍官來取，將花榮一起帶走，我便能獨霸這清風寨。

事情正如劉高所料。宋江怕**節外生枝**，連夜去投清風山，結果在半路上被劉高抓獲。劉高當即寫信給青州的慕容知府，誣蔑花榮勾結賊人。

慕容知府看了劉高的信，立刻叫人把兵馬都監黃信找來，吩咐他帶人去清風寨捉拿花榮。

黃信立馬點了五十名健壯的士兵，手提喪門劍，**策馬**直奔清風寨。

到了劉高寨前，黃信問劉高：「你拿下那宋江，花榮知不知道？」劉高説：「昨夜拿下宋江後，一直把他囚在後院，外人誰也不知道。花榮只以為他到清風山去了，至今還安坐在家

裏呢。」

　　黃信聽了，笑着說：「如果是這樣，捉花榮也容易。明早你擺上**酒宴**，我來使一計！」

　　第二天，花榮、黃信在大寨前下了馬，走進大廳，只見劉高已經先到了。三人**寒暄**過後坐下，飲了幾杯酒，黃信四下看了看，突然使勁把酒杯往地上一摔。隨着一片喊聲，從兩邊帳幕裏衝出幾十名士兵，擁上前把花榮按住。

　　花榮高聲問道：「我有什麼罪？」

　　黃信哈哈大笑道：「逆賊！你勾結清風山盜賊，背叛

朝廷，還敢抵賴？」

花榮說：「**口說無憑**，你有什麼證據？」

黃信說：「我現在就給你找個證據。來人，把宋江帶上來！」

不一會兒，士兵從外面推來一輛囚車，裏面關的正是宋江。花榮見宋江又被抓住，大吃一驚。

黃信說：「證據也有了，你還有什麼話說？」花榮說：「他是我的親戚，從鄆城來，你們卻強說他是賊。到上頭那裏，

我自有分辯！」

黃信說：「既然這樣，我就把你押到州裏，你自己和知府去說吧！」說完，便叫人把花榮囚在另一輛車裏，和宋江一起被押到劉高後院。

第二天吃過早飯，黃信和劉高騎上馬，帶着五十名士兵和一百名寨兵，押着兩輛囚車，浩浩蕩蕩直奔青州。

第十六回
大戰清風山

押送隊伍走到半路時，「矮腳虎」王英等人出現，他們把宋江和花榮救上了清風山。黃信**勢單力薄**，只好逃走，回去向青州知府報告。青州知府聽說後，急忙派黃信找來秦明商量對策。

秦明武藝高強，一條狼牙棒揮得得心應手，衝鋒陷陣時有**萬夫莫當之勇**。由於他性情急躁、喊聲如雷，人們便給他一個綽號，叫

作「霹靂火」。

秦明聽了青州知府的話，大怒道：「我這就起兵，一定把那些賊人捉拿歸案！」當天晚上，秦明就帶着人馬向清風山殺去。

聽說秦明領兵殺來，王英等人嚇得沒了主意。花榮想到了一個應對的計謀。

天亮時，秦明率領人馬來到了清風山下。他擺好陣勢，然後叫士兵們**擂鼓吶喊**，向山上宣戰。

　　不一會兒，伴隨着震天的鑼聲，一隊人馬從山上衝下來。秦明一看，認出帶頭的正是「小李廣」花榮，氣得大聲斥問：「花榮，你為什麼要背叛朝廷？」

　　花榮說：「是劉高設計陷害我，我只好在這裏避難。」

　　秦明根本不相信花榮的話，揮動狼牙棒朝花榮迎面劈來。花榮提着槍，和秦明打了

四五十個回合，依然分不出勝負。

這時，花榮假裝抵擋不住，開始撤退。等到秦明追來，他便收起槍，舉弓射落了秦明頭盔上的紅纓。秦明見狀，不敢再追，只好退了回去。

秦明眼睜睜地看着花榮上了山，非常憤怒，便改變主意，下令攻山。可是，當他帶着人馬正往山上衝時，山頂上突然滾下無數橘木、石頭，砸死了很多士兵。秦明被迫帶着士兵退下山。

天黑時，士兵們飢餓難耐，秦明只好下令埋鍋做飯。可是飯還沒有煮熟，山上突然火把四起、鑼聲亂鳴，不知從哪裏冒出上百個人齊聲喊道：「活捉秦明！活捉秦明！」

秦明氣得七孔生煙，大叫一聲，跳上馬，帶領士兵上山去追。

追到半山坡上，鑼突然不響了，人也不見了。秦明正在疑惑，又聽到山頂上傳來鼓樂

聲。他抬頭一看，只見月光下，花榮正在和別人喝酒。秦明怕有埋伏，勒住馬朝山上大罵：「反賊，你下來，我要和你大鬥三百回合！」

花榮笑着説：「秦總管，你今天太累了，我就是贏了你也算不上好漢。快回去歇息吧，明天再來也不遲！」

秦明聽了這話，越發**氣惱**，也顧不上有沒有埋伏，策馬就往山上衝。誰知沒衝上三五十步，就「撲通」一聲，連人帶馬掉進了花榮早就準備好的陷阱裏。埋伏在兩邊樹叢中的燕

順、王英、鄭天壽等人立刻衝過來，活捉了秦明。

不過，清風山的好漢沒有為難秦明，反而以禮相待，並邀他加盟。但秦明不願背叛朝廷，隻身離開了清風山。

可是青州知府卻認定秦明已經做了反賊，不僅殺了他的妻兒，還派人追殺他。秦明無奈，只好又回到清風山。

第十七回
梁山小聚義

聽說青州知府又要來攻打清風山，宋江便建議大家投奔梁山泊。眾人都覺得這個主意不錯，紛紛**贊同**。

就在大家為上梁山做準備的時候，宋江收到弟弟寫來的家書。

看完家書，宋江傷心得大哭起來。原來，他弟弟在信裏說，父親去世了，讓宋江趕緊回家奔喪。

於是，宋江寫了一封信，讓花榮等人交給晁蓋，然後告別眾好漢，往家裏趕去。

第二天，花榮、燕順等人扮作官軍，**直奔**梁山泊。

這天，林沖和劉唐駕着兩隻快船在水上巡邏，忽然看到岸邊出現了一大隊官軍。

林沖在船上喝道：「你們是哪裏的官軍，竟然敢來梁山泊？」

　　花榮、秦明等九位好漢一齊跳下馬，答道：「我們不是官軍。這裏有宋江大哥的書信，我們是特來投奔晁蓋大哥的！」

　　林沖聽了，説：「既然有宋大哥的書信，那就請大家先到前面的朱貴酒館歇息一下。待晁蓋大哥看過信後，再請大家上山。」

　　大家來到朱貴酒館。朱

貴見來了這麼多好漢，心中歡喜，忙殺豬宰羊，端茶倒酒，熱情**款待**。

第二天日出時分，軍師吳用率領二十多隻大船，親自到朱貴酒館來接花榮、秦明等人。晁蓋則帶領山寨各頭領在山上敲鑼打鼓地迎接。

各路好漢一一見面後，一起來到聚義廳。

聚義廳裏，酒肉**豐盛**，場面十分熱鬧。左
邊一排椅子上，坐着晁蓋、吳用、公孫勝、林
沖、劉唐等原來的頭領；右邊一排椅子上，坐
着花榮、秦明、燕順、王英等九位新來的好漢。

眾人喝了一會兒酒，晁蓋心中高興，說：
「請眾位弟兄隨我到山前閒玩一回，再繼續酒
宴。」眾好漢隨着晁蓋，出了聚義廳來到山上。
走着走着，忽然聽到空中傳來一陣**大雁**鳴叫
聲。

花榮見隨行的人中有人帶着弓箭，便借過來，對晁蓋説：「現在空中恰好有雁羣飛過，小弟要用這枝箭射雁行內第三隻雁的頭。如果射不中，還請眾頭領不要見笑。」

說完，花榮搭上箭，拉滿弓，向空中射出一箭。只聽「嗖」的一聲，雁行中的第三隻雁一個筋斗栽了下來。晁蓋叫人取回大雁，發現那枝箭果然正中雁頭。晁蓋和眾頭領都十分佩服花榮的箭法。

眾頭領遊玩了一會兒，又回到聚義廳喝酒，一直到晚上才各自散去。

梁山泊新添了許多人馬，從此更加**興旺**了。

第十八回
宋江遭流放

　　宋江日夜趕路，回到家中，一進門就看見父親宋太公正在屋中喝茶，身子十分健朗。他不由得大怒，指着弟弟罵道：「你這個**不孝**的畜生，父親好好的，你為什麼寫信跟我說他老人家死了？」

　　宋太公笑着說：「你不要責怪四郎，這不關他的事。是我太想你，才叫四郎給你寫信說我死了。我是怕你不小心被人哄騙做了賊寇，

才託人送信叫你回來。」

接著，宋太公又說：「朝廷新近冊立了皇太子，發下一道赦令，對犯有大罪的人都減罪一等。因此即使官府把你抓去，也只是個流放的罪，不至於會要你的性命。」宋江聽了，非常高興。

然而宋江不知，他回莊上時，一進村子便被人看見了。

他正和父親說話，一隊官兵忽然包圍了宋家莊，大喊：「不要讓殺人兇手宋江跑了！」宋江知道自己逃不掉了，便隨官兵來到衙門，結果被判發配江州府。

晁蓋得知宋江發配江州，便派大小頭領分四路等候，迎接宋江上山，並請宋江留在山寨。宋江想起臨行前父親特意囑咐不能入伙梁山泊的話，不肯答應。

吳用見狀，說：「我有個好朋友，在江州做兩院押牢節級，姓戴名宗，人稱『戴院長』。

他一天能行八百里，江湖人稱『神行太保』，
為人十分仗義。兄長帶着我的信去與他做個朋
友吧。」

　　幾天後，宋江被押到了江州牢城營，聽候
發落。

　　過了半個多月，一天，差吏告訴宋江，說
江州兩院押牢節級來了，叫他去點視廳相見。

　　宋江來到點視廳，只見那節級搬了張凳子
坐在廳前，高聲喝道：「哪個是新來的囚犯？」

差吏便指了指宋江。那節級便罵道：「你這該殺的黑矮子，倚仗誰的勢，怎麼不送常例錢給我？」

宋江道：「人情人情，全在人心甘情願。你怎能這樣逼迫別人給錢呢？」

節級聽了，非常生氣，揚起棍子就要往宋江身上打去。

宋江說：「我沒送錢該死，那

你結識梁山泊吳用又該當何罪？」

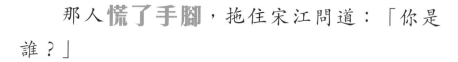

那人聽了，慌忙丟下手中木棍，問道：「你說什麼？」

宋江說：「要是我說認識吳用，你會把我怎樣？」

那人**慌了手腳**，拖住宋江問道：「你是誰？」

宋江答道：「小人是山東鄆城縣宋江。」

那人聽了大驚，連忙**作揖**道：「原來你就是宋江大哥！」

原來，這人正是戴宗。宋江把吳用的信拿出來交給他。戴宗看過信後，忙向宋江道歉，還請他到酒樓喝酒。

宋江又一次因為梁山好漢的幫助逃過劫難，心中對他們的感激之情又增了一分。

第十九回
張順鬥李逵

　　戴宗和宋江來到一家酒館，點了一些菜，痛快地喝起酒來。正說到高興處，忽然聽到樓下一陣 **喧鬧**。

　　不一會兒，酒保走上樓對戴宗說：「樓下那個人只聽你的話，請你去勸一下吧。」

　　戴宗聽了，笑着下樓。很快，他就領着一個黑大漢走了上來。這黑大漢正是「黑旋風」李逵（粵音葵）。

李逵不認識宋江，**粗聲粗氣**地問戴宗：「這黑漢子是誰？」戴宗說：「他就是你常常說要去投奔的宋江大哥。」

李逵一聽，撲倒身子便拜，宋江連忙還禮。三人開心地坐下來喝酒。

喝了一會兒，宋江說想喝鮮魚湯，酒保卻說：「魚行主人沒來，今天鮮魚還沒開賣。」

李逵聽了，跳起來說：「我去外面討兩條活魚給哥哥吃。」說完便出去了。

李逵走到江邊，朝着一字排開的漁船大喝一聲：「你們船上的活魚拿兩條來給我！」漁夫應道：「主人沒來，我們不敢開艙賣魚。」

　　李逵大怒，跳上一條船，把船上裝魚的竹簍翻得**亂七八糟**。漁夫急了，紛紛用竹篙打李逵，可李逵一下子就把他們的竹篙都折斷。

　　李逵抓了兩條魚，跳上岸，準備往回走。這時，一個人從遠處走了過來。眾人見了，都叫道：「主人，這黑大漢搶我們的魚！」

魚行主人聽了，氣得衝到李逵面前，抓着他的衣服喝道：「你吃了豹子膽嗎？竟敢搶我的魚！」

　　李逵一把丟開魚，上前按住魚行主人的頭，提起拳頭，使勁打他的後背。魚行主人力氣不如李逵大，脫不了身。

　　李逵打得正起勁，突然有人從背後把他緊緊抱住，另一個人拉住他的手。原來是戴宗和宋江來了。那魚行主人乘機掙脫，一溜煙跑了。

　　李逵只好跟着戴宗和宋江沿着江邊往回走。沒走幾步，那魚行主人又撐船趕了上來，還拿竹篙使勁地戳李逵的腿。

　　這下李逵被惹怒了。他一縱身，跳到了船上。魚行主人見李逵上當，便故意把船弄翻。只聽「撲通」兩聲，兩人都掉進水裏。

　　魚行主人擅長游泳，而李逵不會游泳。他一把揪住李逵的頭，按進水裏又提起來，緊接着又按進水裏。李逵「咕咚咕咚」喝了很多水，

117

嗆得直咳嗽。

宋江和戴宗在岸上看得着急，卻又**無能為力**。這時，宋江聽到有人喊那魚行主人「張順」，便對戴宗說：「我來江州的路上結識了他的哥哥張橫，張橫還拜託我捎一封信給張順。」

戴宗聽了，連忙衝着江面喊道：「張二哥，快住手！請上岸來説話，這裏有你哥哥帶來的家書！」

張順聽了，抓住李逵的一隻手，兩腿踏浪，**如履平地**，托着李逵上了岸。江邊看熱鬧的人見了，個個喝彩。

　　李逵上岸喘息了一陣，吐出許多髒水。戴宗對張順說：「請到琵琶亭上說話。」張順穿了衣服，李逵也把自己的布衫整理好，四人一起來到琵琶亭上。

　　戴宗指着宋江向張順介紹說：「這位是『及時雨』宋江，他捎來了你哥哥的家書。」張順一聽，連忙向宋江行禮。宋江見張順是條好漢，心中十分喜歡。

　　張順聽說宋江要新鮮的魚，便和李逵去取了十條金色鯉魚，做成**鮮魚湯**。四人一邊飲酒，一邊敍說胸中之事，直到天黑才互相告別歸去。

第二十回
宋江題反詩

這天，宋江獨自一人來到江邊的潯陽樓喝酒。喝着喝着，他有了幾分醉意，感傷起來：「我如今三十多歲了，非但功不成名不就，還被發配到此。」想到這裏，他不禁思緒起伏，**感慨萬千**，便向酒保要了筆墨，提筆在牆上寫了四句詩：心在山東身在吳，飄蓬江海謾嗟吁。他時若遂凌雲志，敢笑黃巢不丈夫！

在詩後，他又題上了「鄆城宋江作」五個

大字。然後把筆扔在桌上，又喝了幾杯酒，便叫酒保算了賬，跟跟蹌蹌走回營地。

江州對岸有個叫黃文炳的通判，他嫉賢妒能，最喜歡溜鬚拍馬、討好奉承，經常過江去拜訪太師蔡京的兒子蔡九知府。這天，他又來探望蔡九，不料蔡九府中有公宴，他不敢進去，便去潯陽樓上遊玩。看到宋江在牆壁上題的詩，黃文炳**眼珠一轉**，連忙把詩抄下來，帶着它去見蔡九。

黃文炳拜見蔡九後，把宋江的詩遞上，說：「宋江在詩中

説想賽過黃巢，看來他是想學黃巢造反啊！」

蔡九覺得有道理，就找來戴宗，讓他立即把宋江抓來審問。戴宗連忙把這個消息告訴宋江。宋江一時沒了對策。戴宗想了想，説：「宋大哥，你不如裝瘋，説不定能騙過蔡知府。」

戴宗別了宋江，趕回官府，假裝帶了眾人到牢營裏抓宋江。只見宋江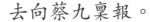披頭散髮，在地上亂滾，還滿嘴胡言亂語。眾人都説：「原來是個瘋子，抓回去也沒用。」戴宗便回去向蔡九稟報。

誰知，黃文炳聽了卻説：「一個瘋子根本不可能寫出那樣的詩。宋江一定是在裝瘋，

想逃過抓捕。」蔡九覺得黃文炳說得沒錯，就又派人抓了宋江，還把他打得皮開肉綻。宋江挨不住了，只好承認自己是在裝瘋。

蔡九把宋江關進了死牢，又派戴宗給父親蔡京送信，信上說明了事情的**來龍去脈**，並詢問蔡京應該怎樣處置宋江。不過，為了防止戴宗偷看，他騙戴宗說這是一封家書。

戴宗臨行前辭別宋江，將他託付給李逵小心照顧。離開江州後，戴宗並沒有去東京，而是朝梁山泊的方向趕去，想把宋江被捕的消息告訴晁蓋等人。

　　戴宗快走到梁山泊時，遇到了梁山好漢朱
貴。朱貴無意中拆開了蔡九的「家書」，被信
中的內容嚇了一大跳，於是連忙把戴宗帶去見
晁蓋。

　　晁蓋看了信後，想立刻帶兵去救宋江，卻

被吳用勸住：「我們可以**將計就計**，寫封假信叫戴宗帶回去，讓他們把宋江大哥押送到東京。等他們從這裏經過時，我們就可以下山救人了。」

晁蓋**連連稱妙**，便依計行事，請人模仿蔡京的筆跡寫了回信。

信寫好後，吳用還讓人造了一枚朝廷的印章，在信上蓋了個印。戴宗帶着假信，匆匆趕回江州。

第二十一回
好漢劫法場

戴宗回到江州後，先去牢裏見宋江，把和晁蓋、吳用商量的計策告訴他。

戴宗離開大牢後便直奔江州府，把假信交給了蔡九。蔡九非常高興，準備照信裏說的那樣，押送宋江進京。**不料**，黃文炳看了這封信後卻說：「這信是假的！這印章有問題。大人應該盤問盤問戴宗。」

於是，蔡九找來戴宗，仔細盤問送信的經

過。戴宗根本沒去過太師府，回答得**錯漏百出**。蔡九這才知道自己被騙了，氣得七竅生煙，便對戴宗嚴刑拷打。戴宗痛得受不了，只好招認一切。

黃文炳對蔡九說：「梁山的賊人一定會來救他們，大人應該儘快把宋江和戴宗殺了。」於是，蔡九頒發公文，下令七天後將宋江和戴宗**斬首示眾**。

到了行刑那天，獄卒把宋江、戴宗押赴法場。一路上，看熱鬧的百姓們你推我擠，足有一兩千人。到了十字路口，劊子手把宋江、戴宗

兩個按在地上跪下，只等午時三刻開刀問斬。
蔡九親自擔任監斬官。

這時，一夥耍蛇的乞丐從**東**邊擠進法場看
熱鬧，士兵們正在阻攔，**西**邊又來了一夥使槍
棒賣藥的。同時，**南**邊一夥挑擔子的
搬運工和**北**邊一夥推
車子的客商也跟
着起哄。

一時間，法場亂起來，士兵們百般吆喝，怎麼也制止不住。過了一會兒，報時官向蔡九稟道：「午時三刻到。」隨着一聲令下，劊子手舉起了明晃晃的鋼刀……

說時遲，那時快，蔡九「斬」字一出口，法場北邊那夥推車子的客商中，立刻有一個人從懷中取出小銅鑼敲起來。頃刻間，四周那些

乞丐、搬運工、賣藥的，都紛紛抽出刀槍棍棒，向法場中間衝去。

原來，這些從四面殺進法場的人，正是梁山泊來救宋江和戴宗的眾頭領。晁蓋指揮眾人殺散官軍後，看到人羣中有一個黑大漢揮着兩把板斧，正在**四處追殺**官軍。

梁山好漢把宋江、戴宗背到廟裏歇下。晁蓋對宋江說：「我和眾位弟兄特來劫法場救你和戴宗。」說完，又指着李逵問道：「這黑大漢是誰？」宋江說：「他就是『黑旋風』李逵。他幾次想把我從大牢裏救出來，我擔心逃不過官兵的追捕，才沒有答應。」

晁蓋說：「難得李兄弟這般義氣！他出力最大，殺敵最多。」李逵聽了，立刻向晁蓋跪了一跪，說：「大哥，別怪鐵牛（李逵的小名）粗魯。」隨後他又和梁山眾人一一相見。

眾好漢**齊心協力**，終於殺出江州，一齊上了梁山。

第二十二回
真假黑旋風

李逵在梁山泊待了一段時間後，非常想念家中的老母親。於是，他決定回一趟家，把母親也接上山。

李逵走出十幾里路後，路邊的樹叢裏突然跳出一個舉着雙斧的大漢，大聲喝道：「爺爺我是『黑旋風』李逵，快留下買路錢！」

李逵大笑：「你這小賊算什麼東西，竟敢冒用大爺我的名字在這裏**胡作非為**！」說着，

便舉起朴刀向那漢子砍去。

那人一看情況不妙，轉身便想逃走，卻被李逵一刀砍到腿上，跌翻在地。

李逵上前一腳踏住他的胸脯，喝道：「我正是江湖上的好漢『黑旋風』李逵。你這小子怎敢**辱沒**我的名聲？」

那漢子說：「小人名叫李鬼，在前面的村子住。大爺你在江湖上**赫赫有名**，一提起你的大名，就連神鬼都怕，所以小人便盜用大爺的名字，做起了這個勾當。從這裏獨自經過的人一聽『黑旋風』三個字，全都**撇下**行李

就逃。小人就這樣騙些錢，並不敢害
人性命。」

李逵十分氣惱，怒斥道：「你這無賴奪人
包裹行李，敗壞了我的名聲！今天就讓你看看
我斧頭的厲害！」說着，劈手奪過一把板斧就
要砍。

李鬼嚇得跪地求饒：「爺爺，饒了我吧，
小人騙錢不為別的，只是為了養活家中八十歲
的老母親啊！」

李逵聽了這話，心中不由得想：我特地回鄉接母親，怎能殺死一個養活母親的人？算了，就**饒他一命**，便說：「你有孝順之心，我給你十兩銀子做本錢，改行做正當職業吧。」

李鬼倒地便拜，道：「小人再也不敢這樣做了。」然後接過銀子，千恩萬謝地走了。

李逵繼續趕路。到了中午，他覺得又飢又渴，見山坳裏有兩間草屋，就走了過去。

這時，一個年輕女人從草屋裏走出來。李逵遞上銀兩，說：「我是過路的客人，勞煩嫂子拿些酒飯來吃。」

那女人說：「酒我這裏沒有，但我可以做些飯給你吃。」說完，便去燒火做飯。

李逵坐了一會兒，來到草屋旁的山邊解手。忽然，他看見李鬼**一瘸一拐**地從山下走來，一直走到草屋前。李逵覺得蹊蹺，就悄悄地跟了過去，想看看究竟是怎麼回事。

李逵躲在屋外，聽見李鬼對草屋裏的女人

說：「我今天遇到了真正的『黑旋風』！我打不過他，就騙他說家中還有八十歲的老母親。他信以為真，不僅饒了我性命，還給了我十兩銀子做本錢，讓我改行，以後好好養活老母親呢。」

那女人說：「剛才有個黑大漢出銀子叫我給他做飯。你去看看，如果他就是『黑旋風』，我們就先用藥把他迷倒，然後把他身上的錢偷走。」

李逵聽了這話，氣得瞪圓雙眼，心想：這個

無賴，我剛才饒了他的性命，還給他銀子改行，他現在反倒要來害我！這實在是**情理難容**！

他衝進去把李鬼揪出來，將他按在地上，抽出腰刀，結束了他的性命。李鬼的妻子嚇得魂飛魄散，慌忙跑出院子，鑽進林中逃走了。

李逵見了，也不去追。他來到廚房，見飯菜已經做好，便大口大口地吃起來。吃飽後，李逵放火燒了草房，提着朴刀繼續趕路。

第二十三回
朱富救李逵

　　李逵回到家，發現母親因為牽掛他，流乾了眼淚，已經雙目失明。母子重逢沒多久，他就要背着母親回梁山。

　　半路上，母親說渴了，李逵為了找水喝，便將母親留在路邊休息。等他捧着水回來時，卻發現母親不見了。

　　他四下尋找，走了不到三十步，只見草地上有一攤血跡。李逵心裏發慌，沿着那血跡尋

過去，尋到一處大洞口，發現母親被一窩老虎吃了。李逵傷心欲絕，一口氣把老虎全打死了。

山下的獵戶得知李逵殺了老虎，便抬了虎屍，簇擁着李逵去村裏領賞。村民們紛紛圍過來看熱鬧，李鬼的妻子也在其中。她認出了李逵，還暗中去官府告密，說李逵殺了她的丈夫。結果，李逵被官府捉去了。

這個消息很快在全城傳開。當初李逵要獨自下山，宋江就放心不下，派了朱貴暗中保護。朱貴聽説這個消息後，非常**吃驚**，急忙找他那開酒館的弟弟朱富，商量營救的辦法。

朱富說：「那位押送李逵的都頭叫李雲，他平日跟我交情不錯，教過我武藝。我們可以在酒肉裏拌些蒙汗藥，事先在路邊等候。等他押送李逵路過時，我便裝作向他敬酒賀喜。這些人吃了酒肉，很快就會**不省人事**，到時我們再救李逵，如何？」

朱貴說：「好主意！你快去準備。」

天亮時，遠處傳來一陣鑼響，朱貴、朱富知道這是押解李逵的人馬到了，忙站起身來。不一會兒，李雲帶領三十多個士兵押着李逵，走到跟前。

　　朱富趕緊上前攔住李雲，說：
「師父，徒弟特地拿了些酒來為你解乏！」李
雲**遲疑**地看着酒，沒有說話。

　　朱富一看，立刻跪下說：「徒弟知道師父
平日不喝酒。不過你有公務在身，喝點酒好暖
身啊！」李雲見他這樣殷勤，只好喝了兩口。

　　隨後，朱富、朱貴便把準備好的酒肉菜蔬
端上來給那些士兵吃。這些士兵**風捲殘雲**，
眨眼間就把混有蒙汗藥的酒菜吃光了。

　　沒過一會兒，士兵們
便手軟腳麻，動彈不得，
一個個躺倒在地上。

　　朱貴他們正準備幫李逵解開繩索，沒想到
李逵自己一吸氣，就把綁繩給掙斷了。他大吼
一聲，迅速奪過一把朴刀，眨眼工夫，就殺了
很多士兵，接着又要去殺李雲。

　　朱富見了，慌忙上前攔住，叫道：「不要
傷了李都頭！他是我的師父，為人很好的。」
這回李逵倒是聽話，立刻住了手。三人提着朴
刀，抄小路離開了。

走了一段路，朱富覺得**愧對**李雲，猜想他醒來後一定會追來，就在路邊等着，想勸他入伙梁山。

過了一會兒，李雲果然追來了。朱富說：「師父，徒弟從前多蒙你指教。今天李逵被救走，你回去怎麼向官府交代？要是你吃了官司，誰來救你？不如和我們一同上梁山，投奔宋江吧！」

李雲想了半天，說：「事到如今，唯有如此了。」

於是，大家歡歡喜喜直奔梁山去了。

第二十四回
時遷惹禍端

梁山好漢公孫勝回鄉探望母親，離開梁山多日未歸，晁蓋便叫戴宗去薊州探看。在路上，戴宗結識了「錦豹子」楊林。

這天，戴宗和楊林正在城中打聽公孫勝的消息，看見一羣無賴**揪扯**着一個大漢爭吵不休。原來，這個大漢叫楊雄，他有些功夫底子，但碰到無賴無法施展。

這時，另一個大漢挑着一擔柴走了過來。

他放下柴，撥開眾人，將為
首的無賴劈頭一棒打倒在地。剩下的幾
個無賴見了剛要動手，便被這大漢一拳一個，
打得**東歪西倒**。

　　楊雄這時才得以脫身，施展出全身本事，
把身邊的無賴全都打倒在地。等他想向挑柴大
漢道謝時，發現他已經離開了，於是急忙向前
追趕。

　　戴宗佩服挑柴大漢的功夫，便追上大漢，
拉著他去酒館喝酒聊天，這才得知這人便是人

145

稱「拚命三郎」的
石秀。

戴宗說：「賣
柴有什麼出路？現
今朝廷**奸臣當道**，
壯士有這樣一身武
藝，不如投奔梁山，闖一番事業。」石秀表示
有機會一定去。

三人喝了一會兒酒，戴宗和楊林便先走
了。沒過多久，楊雄來到酒館找到了石秀，親
自向他道謝。二人**相談甚歡**，便結拜為兄弟，
決定一起入伙梁山。途中，他們又結識了善於
偷盜的「鼓上蚤」時遷，三人結伴直奔梁山。

楊雄三人不停趕路，不久就來到了祝家
莊。他們走進一家小酒館歇腳。時遷見酒館裏
沒肉下酒，就偷來一隻公雞。

不料，他們吃雞時被店小二發現了，說這
雞是店裏的報曉雞，賠錢還不行，必須把他們

當作梁山賊人押送官府。

楊雄等人聽了，氣得要命，把店小二暴打了一頓，最後放火燒了酒館。

三人覺得此地**不宜久留**，就逃離了祝家莊。可是走到半路的時候，時遷還是被祝家莊的人抓走了。

楊雄正打算和石秀上梁山找救兵，沒想到在路上遇到了朋友杜興。杜興說：「祝家莊莊主叫祝朝奉，有三個兒子，長子祝龍，次子祝虎，三子祝彪。莊裏地形複雜，機關密布，不宜強攻。

不如這樣，我們去找我的主人、鄰莊李莊主，他和祝家莊交情很深，說不定能幫忙。」於是，杜興把楊雄和石秀帶到了李家莊。

莊主李應得知楊雄二人的來意後，**二話不說**就寫了封信給祝莊主，讓他放了時遷，然後讓杜興把信送到祝家莊。

杜興去了好久才回來。他對李應說：「信我是送到了，可他們看也不看就把信撕了，祝家的小兒子祝彪還罵你呢！」

李應聽了大怒，迅速召集了三百名莊客，和楊雄、石秀、杜興一起前往祝家莊的所在地獨龍岡。

祝家三兄弟得到消息後，也做好了迎戰的準備。李應等人一到祝家莊外，祝彪就騎馬衝了出來。

李應說：「我和你父親是**生死之交**，今日我派人給你送信，你這小子不但不放人，還撕信辱罵，是何道理？」

祝彪道：「你和梁山賊人勾結，要不是我看在我們兩家是世交的分上，早就把你抓起來了！」

李應大怒，策馬衝向祝彪。祝彪舉槍迎敵。兩人一來一往，打了十七八個回合。祝彪逐漸招架不住，便準備往回逃。李應見狀，趕緊拍馬追上去。

誰知，祝彪突然回身一箭，剛好射中李應的手臂。

　　李應大叫一聲，掉下馬來。杜興見了，忙上前把李應救上馬，然後撤回了李家莊。

　　石秀和楊雄見李應受了傷，心裏十分過意不去，再三道謝後，便離開李家莊，往梁山去了。

第二十五回
初戰祝家莊

　　楊雄和石秀來到梁山泊，受到了晁蓋和宋江的熱情款待。眾好漢聽說祝家莊捉了來梁山聚義的時遷，都非常生氣，決定跟隨宋江前去攻打祝家莊。

　　梁山泊大隊人馬到達祝家莊後，宋江想到祝家莊地形複雜，就派楊林、石秀先進莊探聽消息。沒想到，楊林**失手**被擒，石秀雖然沒被抓，但也被困在莊裏出不來。

宋江一直等到午後也不見兩人回來，心裏著急，便又派外號「摩雲金翅」的歐鵬進莊打探。歐鵬去了一個時辰，回來說：「小弟進莊後，聽到百姓們說，莊內拿下了一個梁山泊的探子。」

　　宋江聽了，對眾頭領說：「石秀、楊林兩個兄弟必定是被抓住了。我們連夜進軍，殺進莊去，救回兩個兄弟，如何？」

　　李逵先跳起來，說：「我先殺進

去，活捉那祝朝奉！」別的頭領也都紛紛贊同。宋江便傳令，以李逵、楊雄為**先鋒**，帶領前軍來到獨龍岡。

當時天已經完全黑了，莊門前不見一點燈火，進莊的唯一通道——一座吊橋被高高拉起。過了一會兒，宋江的人馬來到莊前，楊雄把莊上的情況對宋江說了一遍。

宋江見莊上一片寂靜，**緊皺眉頭**說：「兩軍交戰，莊上哪能不做準備？不見敵兵，必然另有計謀，我們要趕快撤退！」

宋江話音剛落，祝家莊內就發射了一顆信號彈。霎時，獨龍岡上千百個火把一齊點着，利箭像雨點般向梁山軍馬射來。

宋江立刻傳令大軍從來路撤退，卻聽到後軍頭領李俊先喊起來：「不好，來時的路都被堵死了，這裏必有埋伏！」

宋江正想叫眾人另尋他路走，忽然又聽到一聲炮響，四周喊聲震耳，無數埋伏着的祝家莊軍馬殺了過來。

宋江只好指揮人馬往東邊大路走。

哪知走了半天，

不知不覺又轉了回來。

宋江傳令道：「叫軍馬往有火把、有人家的方向尋路！」才走了一會兒，前面的士兵又喊起來，說：「路上布滿竹籤，根本過不去。要另尋他路！」

正在**慌亂**之際，忽然有人喊道：「石秀來了！」宋江抬頭一看，只見石秀奔到馬前，報告說：「大哥，不用慌，小弟已探明：不管路寬路窄，見到白楊樹就轉彎，便能出去。」

宋江忙按石秀的話傳下號令，叫人馬見到白楊樹便轉彎。

　　這樣走出五六里路，圍上來的敵軍卻越來越多。宋江心中疑惑，便問石秀：「兄弟，怎麼前面的賊兵越來越多？」

　　石秀環視四周，手指向遠處道：「他們有紅燈為號。」

　　花榮在馬上也說：「大哥，你看樹影裏那

盞**紅燈**，我們往東，它便向東指；我們往西，它便向西指。」

　　宋江說：「那要儘快把那盞紅燈弄滅才行。」

　　花榮說：「這個不難。」

　　說着，便張弓搭箭，一箭射落了紅燈。

　　那些伏兵看到紅燈沒了，都慌得四下亂竄。宋江趁機領着眾人成功撤退。

第二十六回
再打祝家莊

　　回到營寨後，楊雄建議宋江去找李家莊莊主李應幫忙，說也許他有破敵的辦法。

　　第二天，宋江一行人來到李家莊，李應害怕官府給他定個**勾結**梁山的罪名，不肯相見，只讓主管杜興前來告知進莊的方法。宋江等人回到營寨，決定再去攻打祝家莊。

　　這次，宋江親自做先鋒打頭陣，打着大旗，領着一百五十騎馬軍和一千名步軍，直奔

祝家莊。

　　大軍來到獨龍岡前，只見祝家莊門樓上挑起了兩面大旗，每面各繡了七個大字：一面是「填平水泊擒晁蓋」，另一面是「踏破梁山捉宋江」。宋江見了，不由得大怒，**發誓**説：「如果打不下祝家莊，我就再也不回梁山泊了！」説完，便帶領人馬轉過獨龍岡，直奔祝家莊後門。

　　祝家莊後門有莊兵把守，吊橋高高掛起。宋江剛把人馬擺開，忽然看到西邊有一支隊伍

吶喊着從身後衝殺過來。宋江忙領着一半人馬前去迎戰。

這支隊伍的領頭女將騎着一匹青鬃馬，掄着日月雙刀，後面跟着幾百個莊兵。原來，是「一丈青」扈三娘領着扈家莊的人馬來支援祝家莊了。

王英見是個女將，以為幾個回合就能把她擒住，便策馬向前，挺槍迎敵。

扈三娘舞起雙刀，迎戰王英。兩人鬥了十多個回合，王英漸漸招架不住，被扈三娘扯下了馬。扈三娘身後的莊兵擁上來，活捉了王英。

此時，祝龍也帶領人馬衝過來。宋江心裏非常着急，幸虧秦明帶了一隊人馬前來增援，宋江便叫秦明上前迎戰。

祝龍和秦明打了很多個回合，祝龍抵擋不住，拍馬逃走。祝家莊武師欒廷玉（欒，粵音聯）見此情形，衝上前迎戰秦明。兩人槍棒並舉，

　　鬥了二十來個回合，不分勝負。

　　欒廷玉見贏不了秦明，虛晃一槍，策馬向旁邊草叢中跑去。秦明不知是計，緊追不放。

　　原來那草叢中早有**埋伏**，見秦明馬到，埋伏的莊兵拉起絆馬索，將秦明連人帶馬絆翻在地。就這樣，秦明也被活捉了。

　　這時，扈三娘發現宋江身邊已無人保護，便一拍青鬃馬飛奔過來，揮起雙刀就砍。宋江**驚慌失措**地策馬向東逃走。兩匹馬一前一後，直跑到半山坡上。

宋江眼看要被擒住，卻忽然聽見山坡上有人大叫道：「你這女子哪裏逃！」宋江一看，原來是「黑旋風」李逵。

見李逵正掄着兩把板斧，帶着一羣小嘍囉大踏步趕過來，扈三娘便勒轉馬頭，往樹林逃去。

就在此時，林沖也從樹林衝了出來，騎在馬上大喝道：「看你往哪裏走！」扈三娘飛刀縱馬，直奔林沖，林沖挺起長槍迎敵。

　　兩人打了不到十個回
合，林沖故意露了個破綻，
等扈三娘用刀來砍時，趁機把
她抓住。

　　雖然抓住了扈三娘，但是梁山好漢中的
楊林、黃信、王英等多人被抓，宋江一方仍
處於弱勢。在這樣的情形下，宋江只好命令人
馬暫時撤退，一起商討破莊的辦法。

第二十七回
智破祝家莊

宋江連吃兩場敗仗，急得徹夜難眠。第二天，吳用來找宋江，說：「登州兵馬提轄孫立想投奔梁山，特地前來獻上**裏應外合**的計謀，我們依計行事便可。」

孫立進來對宋江說：「祝家武師欒廷玉和我的武藝是同一個師父教的。我以登州兵馬提轄的身分，謊稱調往鄆城把守，經過此地來看望他，他必然會出來迎接。等我們進了莊，你

們在外接應，裏應外合，一定能破莊。」宋江聽了，十分高興。

按照計劃，孫立帶着梁山好漢解珍、解寶等人來到祝家莊門前，欒廷玉連忙出來迎接。孫立**謊稱**被委任為鄆城提督，專管梁山泊的事情。

欒廷玉大喜，當即引孫立一行人馬進莊，拜見祝朝奉和祝家兄弟。孫立說：「我來這裏鎮守幾天，正好幫你們捉幾個梁山賊人。」

祝朝奉聽了，非常高興。

　　翌日對陣，石秀上前挑戰孫立。
打了五十來個回合後，石秀假裝不敵，
故意被孫立活捉。這下，祝家莊的人更得意
了。

　　幾天後，宋江兵分四路攻打祝家莊。欒廷
玉、祝龍、祝虎、祝彪各帶人馬，分四路從莊
內衝殺出去，和梁山好漢們**混戰**起來。

　　孫立站在吊橋上，見梁山泊眾好漢已和祝
家莊人馬打殺起來，便把手一招，告知埋伏在
莊門內的手下，讓他們把帶來的梁山泊旗號插

上，還救出了秦明、石秀等好漢。

秦明、石秀等人拿了兵器，在莊內殺起敵來，解珍、解寶則乘機四處放火。霎時間，莊內**烈焰沖天**，叫喊聲不斷，一片混亂。祝朝奉見大勢已去，想投井自殺，卻被石秀趕上，一刀砍死。

欒廷玉正在後門外和花榮廝殺，忽然看到莊內燃起了熊熊大火，心裏一驚，忙虛晃一槍，勒馬往莊門奔去。花榮見了，張弓搭箭，朝欒

廷玉射去。欒廷玉躲閃不及，被射中右臂，痛得摔落馬背。花榮身旁的士兵們一齊衝上前去，一陣亂槍，把欒廷玉刺死了。祝龍、祝虎兩兄弟也先後被梁山好漢殺了。

扈三娘的哥哥扈成為了救妹妹三娘，早就與宋江約定，幫助梁山好漢對抗祝家莊。所以，當祝彪逃到扈家莊後，扈成直接用繩子綁了他押去見宋江。誰知走到半路，遇見李逵，李逵見是祝彪，也不多

問，揚起斧頭，一下子就把他砍死了。

扈成見情況不妙，便改為投奔延安府去了。

宋江終於攻破了祝家莊，生擒了四五百人，奪得好馬五百餘匹，還有大量糧草。他還成功地邀請了李應、杜興入伙。眾好漢高興極了，在莊內**喝酒慶祝**。而扈三娘見梁山好漢仗義，也決定加入，還嫁給了王英呢！

第二天一早，宋江等人帶上繳獲的糧食、馬匹、牛羊和各種物資，回到了梁山泊。

第二十八回
失陷高唐州

宋江非常想念好朋友柴進，便派李逵請他到梁山一聚。

這天，李逵剛來到柴進莊上，柴進便收到了住在高唐州的叔叔柴皇城的來信，信中說高唐州知府高廉的小舅子殷天錫看中了他家的住宅，限他三天內搬出，他氣得**病倒**了。柴進便帶着李逵和十幾個莊客，一同前往高唐州。

走了幾天，眾人終於來到了柴進叔叔家。

誰知，柴皇城才跟柴進說了幾句話，就斷了氣。柴進忍著悲傷，命人為叔叔備辦棺材，陳設靈堂。

到了第三天，殷天錫騎着馬，帶着二三十個大漢從城外遊玩回來。路過柴皇城府時，殷天錫停下馬，高聲叫喚府裏的人出來說話。柴進聽見後，慌忙出去回話。

殷天錫說：「我前些天吩咐過，叫他搬出去，怎麼現在還不搬？」

柴進說：「之前因叔叔病重，不便搬動。

前日叔叔已經病故，等斷七後我們就搬。」

　　殷天錫**雙眼一瞪**，大聲斥罵道：「我限你三天之內把屋子讓出來！過了三天還不搬的話，我就先把你捉起來打一百棍子，然後關進大牢裏！」

　　柴進還沒來得及回話，只聽一聲大吼，李逵從屋裏衝了出來，劈手把殷天錫從馬上揪下來痛打一頓。沒過一會兒，殷天錫就斷氣了，躺在地上一動不動。

　　柴進見殷天錫死了，忙把李逵叫進後堂，

說：「這裏你不能待了，趕快回梁山泊去！我有先朝太祖賜的**丹書鐵券**，可以免罪，殷天錫的姐夫高廉不敢把我怎麼樣。」李逵聽了，就急匆匆地走了。

不一會兒工夫，便來了兩三百手持刀槍的士兵，把柴皇城家團團圍住。士兵們搜遍所有的房間都找不到李逵，就把柴進綁回了衙門。

知府高廉一看到柴進，就勃然大怒：「你竟然敢叫人打死我的小舅子！來人，給我狠狠地打！」

柴進說：「小人家裏有太祖皇帝御賜的丹書鐵券，

你不能打我！」可是高廉毫不理會，還命令手下打得再**猛**一些。

酷刑之下，柴進被打得皮開肉綻，只好招認是自己讓李逵打死殷天錫的。高廉便命人用死囚枷把他鎖上，關進了牢房。

逃出城外的李逵**快馬加鞭**回到梁山泊，召集了梁山眾好漢，率領軍馬及時趕到高唐州，經過幾場激戰，終於攻破城池，殺死高廉，把柴進救回了山寨。經過這番波折，柴進終於加盟了，梁山又多一個頭領。

第二十九回
大破連環馬

　　太尉高俅與高廉是兄弟，他聽説高廉被梁山泊的人殺了，氣得要命，立即奏請皇帝派大軍圍剿梁山。

　　皇帝聽取了高俅的建議，派大將呼延灼、彭玘和韓滔領兵攻打梁山。沒過幾天，呼延灼、彭玘、韓滔領着三路人馬**浩浩蕩蕩**地殺到了梁山泊。梁山好漢們得到消息後，聚在一起商議退兵之計。最後，宋江命秦明、林沖、花榮、

扈三娘和孫立連番出擊。

　　先鋒韓滔率領人馬先來挑戰，兩軍各自擺開陣勢。戰鼓響過，秦明手執狼牙棒，策馬來到陣前。韓滔也揚刀躍馬，衝上前來。兩人鬥了二十多個回合，韓滔漸漸招架不住，正要**敗走**，中軍主將呼延灼率大軍殺到。這時，林沖換下了秦明，和呼延灼對打起來。

　　另一邊，扈三娘和彭玘也打在一起。幾個回合後，扈三娘便用套索活捉了彭玘。

　　韓滔見彭玘被
抓，呼延灼又尚未取勝，便叫士兵們擂響
戰鼓，自己率領三千馬軍一齊衝殺過來。

　　這時，宋江領着大隊兵馬趕到。他把鞭梢
一指，十個頭領各率人馬，向官軍衝殺過去。
可是梁山泊人馬衝殺了一陣，又退了回來，不
敢再往前。

　　原來，官軍陣裏都是馬帶馬甲，只露四

蹄，人披鐵鎧，只露眼睛。三千匹馬布好陣勢，每三十四一隊，分一百隊，用鐵環連着。梁山士兵們放出去的箭，都被鎧甲擋住了。宋江等人破不了這種被稱為「**連環馬**」的布陣，只好先撤回營寨。

第二天，梁山泊大隊人馬出戰時，又被連環馬打敗了。

一連吃了兩場敗仗，宋江心裏非常着急。吳用聽説一個叫徐寧的人有破連環馬的辦法，就把他請上了山。

　　徐寧説：「只要做好鈎鐮槍，我自有辦法破敵。」

　　鈎鐮槍很快就做好了。徐寧選定了一批士兵，起早貪黑地訓練他們。沒過多久，這些人就已經能熟練地使用鈎鐮槍了。

　　這天，兩軍再次對陣，宋江讓鈎鐮槍手躲在蘆葦叢中，然後派步兵前去挑戰。呼延灼求勝心切，不一會兒就被引到蘆葦叢中。

　　呼延灼帶着連環馬剛衝進蘆葦叢，就聽見一聲呼哨，蘆葦叢中突然伸出無數鈎鐮槍。鈎鐮槍手

們先勾倒兩邊的馬腳，中間的甲馬**紛紛**被拖倒；梁山士兵們趁機衝出來，把跌倒的敵軍捆住。就這樣，梁山好漢們**大敗**連環馬。

呼延灼知道大勢已去，只好殺出一條血路逃走了。在混戰中，韓滔也被梁山好漢抓住。彭玘和韓滔見宋江對他們非常尊敬，便決定入伙。

這樣，梁山又添兩員猛將。

第三十回
協力破青州

　　呼延灼損失了很多官軍人馬，不敢回京，只好去投奔青州慕容知府。青州知府讓他帶兵攻打桃花山。誰知出發沒多久，呼延灼就接到急報說白虎山的孔明、孔亮正攻打青州，便立刻趕回去救援。

　　呼延灼來到青州城外，看到孔明、孔亮正帶着小嘍囉攻城。呼延灼衝上前去和孔明打在一起，沒戰上幾個回合，孔明就被呼延灼活捉

了。孔亮見勢不妙，連忙帶着小嘍囉逃走。

　　孔亮聽説梁山好漢很講義氣，就來到梁山請宋江幫忙。宋江答應出手相助，帶着兵馬，與二龍山、桃花山和白虎山的人馬會合，把青州圍得**水泄不通**。

　　青州知府非常害怕，不知所措地問呼延灼：「現在梁山泊的人也到了，我們該怎麼辦啊？」呼延灼説：「請知府放心，我一定會讓他們知道我的屬害！」

　　呼延灼領了一千人馬，出城擺開陣勢。

宋江派秦明出來迎戰。呼延
灼舞起雙鞭，縱馬直奔秦明。兩
人鬥了五十個回合，仍然分不出勝負。
青州知府怕呼延灼有閃失，傳令**鳴金收兵**。
呼延灼聽了，忙收兵入城。秦明也領兵退回本
陣，不去追趕。

四更時分，一名手下稟報呼延灼：「北
門外土坡上，有三個騎馬的賊將在那裏偷看城
池。中間穿紅袍騎白馬的是宋江，旁邊兩個不
認識。」

呼延灼聽了，一躍而起，提了雙鞭，**悄悄**

開了北門，放下吊橋衝殺出來。

這三個人正是宋江和軍師吳用以及花榮。他們偷看城池，其實是吳用設下的計。呼延灼一出城，便掉進了陷阱。這時，三四十個梁山人馬從旁邊的樹林裏衝出來，勾起呼延灼，用繩子綁住押走了。

宋江回到寨中里，讓人把呼延灼帶上來，並親自幫他鬆綁。呼延灼見宋江如此仗義，便決定入伙梁山。

當晚，呼延灼帶着秦明、花榮等人來到青州城下叫門，他謊稱被俘後買通看守，逃了出

來。青州知府**信以為真**，讓士兵打開城門。

呼延灼乘機帶着梁山好漢衝進城內。就這樣，宋江會合桃花山、二龍山、白虎山的人馬，攻陷了青州。

宋江進入府衙後，立即傳令不許傷害百姓。天亮後，宋江還把府庫、糧倉打開，給所有在戰亂中遭受損失的人發放救濟米糧。剩餘的糧食和金銀布帛，都裝載上車，運回山寨。

二龍山、桃花山、白虎山的眾位頭領都願意入伙梁山泊大寨，宋江高興極了，在青州府衙設宴慶賀。

第三十一回
晁天王中箭

自從二龍山、桃花山、白虎山等三山好漢聯合梁山軍馬，攻打青州**大獲全勝**後，越來越多好漢聚集到梁山。但與梁山作對的地方也不少，曾頭市就是其中一個。

有一次，曾頭市的曾家五虎奪了石勇、段景住準備獻給梁山的寶馬，晁蓋決定出兵曾頭市。他率領人馬來到曾頭市外，選好地點，紮下營寨。

第二天天一亮，晁蓋便把五千人馬列成陣勢，擂鼓吶喊。曾頭市的史文恭、蘇定和曾弄又稱「五虎」的五個兒子曾塗、曾密、曾索、曾魁、曾升帶領大隊人馬衝了出來。

戰鼓**擂響三次**後，曾塗指着梁山人馬，高聲叫罵道：「你們這些反賊，今天我們要把你們全部活捉，讓你們領教一下我們曾家五虎的厲害！」

晁蓋聽了大怒，拍馬就要出戰。林沖阻止道：「不用大哥出馬，讓小弟去捉拿那傢伙。」

說完，便手持長槍，衝出陣去。

對面曾家第四個兒子曾魁見了，策馬迎戰。兩人打了二十多個回合，曾魁漸漸招架不住了。他**虛晃**一槍，勒轉馬頭往旁邊的樹林跑去。林沖怕有埋伏，沒去追趕。

這一戰雙方都折損了一些人馬，便休戰數日。這天，兩個和尚找到晁蓋，對他說：「曾家五虎平日**為非作歹**，我們願意帶你們去劫寨。」晁蓋很高興，帶領眾將趁夜色隨兩個和尚悄悄前往曾頭市。

走出四五里地，兩個和尚突然不見了。前軍見兩邊林木叢生、路徑雜亂，不敢妄自行動，慌忙去稟報晁蓋。晁蓋急忙傳令，叫後軍改作前軍，沿着原路返回。

可是還沒走出多遠路，四周忽然金鼓齊鳴，喊聲震天，到處都燃起了火把。晁蓋和眾將這才明白中了埋伏，連忙奪路而走。剛轉過一段彎路，迎面又撞見一隊人馬，雙方便在黑暗中互射亂箭。

晁蓋冷不防被一箭射到臉上，「哎喲」一聲，跌落馬下。劉唐和白勝見了，急忙把他救上馬。

經過一番廝殺，眾將終於回到了寨中。然而，射中晁蓋的是一枝毒箭，由於毒性發作，晁蓋已經昏了過去。眾人見晁蓋傷重，便引軍退回梁山。

回到梁山後，晁蓋的傷勢越來越重，渾身青腫，成天昏昏沉沉，滴水不沾。宋江每天守

在牀前，親手為他灌湯敷藥。

　　這天夜裏三更時分，晁蓋突然清醒過來，握着宋江的手說：「賢弟保重！日後如果誰能捉到射殺我的仇人，就讓他做梁山泊之主。」說完就眼睛一閉，去世了。宋江傷心得放聲大哭。

　　眾好漢都悲痛不已，為晁蓋設靈堂拜祭。山寨中所有人都披麻戴孝，以示**哀悼**。

第三十二回
妙請盧俊義

　　為了替晁蓋報仇，宋江接連幾次攻打曾頭市，但總是敵不過曾家的武師史文恭。

　　他聽說北京大名府有個叫盧俊義的員外，綽號「玉麒麟」，有一身好武藝，使棍棒的功夫**天下無雙**。宋江想：要是能把這個人請上山，攻打曾頭市一定能多些勝算。於是，他便叫吳用去請盧俊義上山。

　　吳用帶着李逵，下山前往北京大名府。到

了城裏，兩人都改了往日的打扮：吳用身穿道服，手裏拿着一個鈴杵；李逵頭上結兩個丫髻，肩上扛着一根木棒，木棒上挑着個寫有「講命談天，卦金一兩」的招牌。

到了鬧市裏，吳用開始一邊搖鈴杵，一邊喊：「賣卦，賣卦！知生知死，知貴知賤！一兩銀子，便知前程！」他們故意來到盧俊義開的當舖門前**徘徊**。果然，不一會兒，盧俊義就來請吳用算命了。

吳用取出一個鐵算盤，假裝推算了一會兒，突然一拍算盤，大聲叫道：「糟糕！不出百日，你必有血光之災！非但家產保不住，還將死於刀劍之下！」

盧俊義忙問：「這災難能否避開？」

吳用又拿鐵算盤推算了一番，**故弄玄虛**地說：「除非往東南方向，去千里之外，才能躲過此大難。」

還沒等盧俊義回過神來，吳用又說：「我

把卦歌寫在牆上，日後你就知
道我的卦靈不靈驗了。」說完，便在牆
上寫下了四句詩：「蘆花叢裏一扁舟，俊傑俄
從此地遊。義士若能知此理，反躬逃難可無
憂。」寫完，他便收起算盤，帶着李逵離開了。

　　盧俊義的總管李固心存歪念，看到牆上的
詩後，就去官府告發盧俊義。很快，官府便以
叛變的罪名把盧俊義抓走了。原來，吳用在牆
上題的是一首藏頭詩，每一句開頭的字連起

來便是「蘆（盧）俊義反」。

吳用得到消息後，派柴進、戴宗用黃金買通了大名府的梁中書。盧俊義因此被從輕發落，發配到沙門島。

李固為了**吞併**盧俊義的家產，打算謀害盧俊義。他拿出一百兩銀子，暗中買通了差吏，要他們在路上把盧俊義殺死。兩個差吏收了賄賂，一路上不停地折磨盧俊義，讓他飽受**皮肉之苦**。

　　這天，三人來到一片樹林。差吏見
四下無人，便決定在這裏殺了盧俊義。正在他
們準備下手時，盧俊義的僕人燕青出現了。他
舉弓射死了兩個差吏，救了主人。盧俊義見燕
青殺了人，知道自己已經無路可走，只好讓燕
青背着自己上梁山。

　　走了十多里路，二人**飢餓難忍**。燕青便
把盧俊義放在路邊的小店休息，自己去林子打
些雀鳥。等他回來時，卻發現盧俊義已經被聞

風趕來的一兩百個差吏抓了起來，正要押回大名府。

燕青沒辦法，只好上梁山求援。

途中，他遇到了石秀和楊雄。三人商量後，決定讓石秀先去大名府打聽消息。

楊雄帶著燕青來到梁山泊，把盧俊義被抓的消息告訴了宋江。宋江決定發兵攻打大名府，救出盧俊義。

第三十三回
初戰大名府

　　奸人李固用重金買通官府，給盧俊義定了死罪。石秀前去營救時也被抓住。宋江擔心盧俊義和石秀兩人**性命難保**，立刻帶兵前往大名府。梁中書聽說宋江領軍來犯的消息後，命令「急先鋒」索超和「李天王」李成分別在城外的飛虎峪和槐樹坡紮寨，對抗梁山大軍。

　　索超聽說梁山大軍即將抵達飛虎峪，一面準備迎敵，一面派人馬去槐樹坡報告李成。李

成聽了，帶領手下火速趕到飛虎峪。不到一個時辰，李逵就領着五百步兵**呐喊**着殺到寨前。

只見李逵手舞板斧，衝到陣前，高聲大叫：「梁山泊黑大爺來了，你們還不快點投降！」

李成哈哈大笑道：「人們都説梁山泊好漢英勇無敵，誰知道竟是這樣的骯髒草

寇。索先鋒，快出馬把這個賊將拿下！」

索超聽了，掄起大斧，率領馬軍向李逵
衝去。然而，李逵率領的五百步兵並不迎戰，
反而**四散奔逃**。李成、索超向前追殺了十
多里地，忽然聽到一陣鑼鼓響，從山坡後邊
衝出兩路人馬。原來，梁山泊第二隊人馬正
埋伏在這裏，他們衝殺了一陣後，就撤退了。

李成、索超見梁山泊並無精兵，便繼續追趕李逵。誰知沒追多久，又聽到一陣鼓響。隨着震天的喊聲，李應、史進又帶領一千人馬迎了上來。李成、索超抵擋不住，只好退回槐樹坡寨內。

第二天一早，兩軍各自將兵馬擺開陣勢。三通鼓響後，宋江陣中首先衝出一員**大將**。大名府大將聞達見是「霹靂火」秦明，便向左右問道：「誰去擒拿這個反賊？」索超應道：「讓小將去捉拿這傢伙！」他揮動手中大斧，拍馬直奔秦明。

秦明見索超殺來，忙以狼牙棒相迎。兩人往來**廝殺**，鬥了二十多個回合仍不分勝負。副將韓滔見秦明一時不能取勝，便一箭射中了索超的左臂。索超只好拍馬撤回。宋江趁機帶着眾好漢一起衝殺過去。聞達自知不敵，便和索超、李成逃回了城內。梁中書只好派人到東京求援。

　　蔡京聽說大名府被圍，便派
綽號「大刀」的關勝等人前去救援。

　　這天晚上，關勝正在營中休息，已入伙梁
山的呼延灼突然前來拜訪，說想歸順朝廷，將
功贖罪。關勝聽了非常高興。其實，這是吳用
的**詐降計**，目的是讓呼延灼潛入敵人內部。

　　第二天，宋江帶着人馬前來挑戰，呼延灼
率兵擊退了宋江，取得了關勝的信任。到了晚
上，呼延灼帶着關勝前去偷襲。來到宋江的營
寨前，關勝立刻帶着人馬衝了過去。可誰知道，

營寨裏竟然空無一人。再找呼延灼時，早不見了蹤影。

「不好，中計了！」關勝這才醒悟過來。他正想撤退，四周突然鑼鼓震天，在兩邊草叢埋伏的士兵全部衝了出來。

關勝**無處可逃**，很快就被活捉了。

天亮後，關勝被帶到宋江面前。宋江對關勝表現得十分尊重，不僅親自為他解去綁繩，還命人為他上茶。關勝見梁山好漢們義氣深重、求賢若渴，便決定入伙梁山。

第三十四回
再戰大名府

收服關勝後，宋江心中仍然惦記着盧俊義和石秀，幾天後又起兵攻打大名府。

梁中書正為「急先鋒」索超箭傷痊癒擺酒慶賀，聽到梁山泊大隊人馬又殺過來了，嚇得目瞪口呆、手足無措。

索超上前稟道：「大人，不要慌。上次小將中了賊人冷箭，這次我一定要報這個仇！」梁中書見索超**志在必得**，才稍稍放下心來，

讓索超和李成帶上人馬出城迎敵。

　　宋江統率的大軍已經殺到了飛虎峪。關勝初上梁山，立功心切，首先出馬。索超掄起大斧，直奔關勝。兩人鬥了十多個回合，索超漸漸招架不住，李成見狀，便策馬出陣，與索超夾攻關勝。

　　這時，宋江一揮鞭梢，梁山泊大軍一齊衝了過去。官軍抵擋不住，四散奔逃。聞達、李成、索超只好帶着殘敗人馬，退回城裏，而宋

江統領的大軍則在城外安營紮寨。

　　第二天，索超帶領一隊軍兵出城突圍。吳用見了，便對領軍迎敵的將領說：「他如果追來，你就假裝敗退。」領軍將領依命行事。就這樣，索超出戰沒多久就順利得勝，意氣風發地領兵回城了。

　　這天晚上，北風凜冽，天空陰雲密布，紛紛揚揚下起大雪來。

　　吳用此時正在帳外，看見漫天飛雪，知道時機已到。他回營找到宋江，說：「老天幫忙，我們可以趁這場大雪擒敵捉將。」接着，

吳用便把想好的計策告訴宋江。宋江聽完，直呼「妙計」！

這天，守在城上的索超見梁山泊士兵衣衫單薄，一個個在雪地裏凍得**瑟瑟發抖**，似乎不堪一擊，便集齊人馬猛地衝出城來。宋江人馬見了，連忙四散奔逃。索超以為士兵們無力反抗，便拍馬緊追不捨。可沒衝出多遠，只聽「撲通」一聲，索超連人帶馬掉進了吳用早就準備好的、用白雪掩蓋的陷阱裏，被梁山好漢活捉了。

好漢們把索超帶進宋江帳中。宋江親自

給索超解了綁繩，其他好漢
對索超也尊重有加。索超見大家對自己
有情有義，便答應入伙。收服索超後，宋江又
接連攻打了幾次大名府，仍舊沒有攻破。他心
中十分煩悶，便把吳用請到帳中商量對策。

　　吳用說：「眼下天寒地凍，人馬難以久住。
不如暫時回山，等到明年春天雪化冰消時再來
攻城。大哥，請放心，小弟自有辦法叫梁中書
不敢加害盧俊義和石秀。」宋江聽了覺得有道
理，便帶着人馬回到了梁山。

第三十五回
智取大名府

　　轉眼間，一年一度的**元宵佳節**快到了，攻打大名府的最佳時機也終於來了。

　　正月初五這天，梁中書把李成、聞達等人找來，說：「往年元宵佳節大名府都會大放花燈，與民同樂。但前段時間梁山泊賊人多次攻城，我怕引起禍患，想今年停放花燈。你們看怎樣？」

　　聞達說：「賊人攻不下城，已經撤回梁山

了。如果今年因為他們而不放花燈，一定會被他們**恥笑**。大人，請放心，觀燈時我會帶人四處巡邏，不會出事的。」

梁中書聽了非常高興，當即叫人貼出告示：在元宵節期間，全城不論大街小巷，家家戶戶都要點放花燈。

吳用得知此消息，非常**振奮**，隨即點撥了八路軍馬，立刻出發。其餘頭領留下來和宋江一起嚴守山寨，以防偷襲。

到了正月十三，梁山好漢們開始陸陸續續混進大名府：時遷扮成賣花的小販潛進了城內，解珍、解寶挑着野味進了城，

　　杜遷、宋萬推着裝滿貨物的車子進了城……

　　元宵節終於到了。這天天剛黑，城內就開始燃放煙花爆竹。時遷挽着一個籃子，摸進了翠雲樓，裝作賣彩花的，在樓內各處察看。那籃子表面上插着幾朵花，其實裏面放的都是硫磺、焰硝等**易燃物**。

　　過了一會兒，街外忽然響起一陣喊聲，隨後，不少殘兵敗將跑進城來，大喊着：「梁山大軍打來了！」剎那間，大街上一片混亂。時遷趁這機會，從籃子裏取出硫磺等，在樓上放起火來。

埋伏在城內的梁山好漢見翠雲樓起火，知道**時機已到**，紛紛拔出刀槍棍棒。一時間，大名府內殺聲震天，猶如山林裏衝進了無數隻猛虎。

公孫勝在城隍廟放起了風火炮，**轟天震地**。杜遷、宋萬、李應、史進等一齊衝向東門，把守門的士兵砍得落花流水。

　　城外，梁山泊大隊人馬早已把大名府四面
圍住。吳用見李應等已奪下了東門，便和關勝、
林沖、呼延灼、秦明等率領士兵，一齊擁進城
內。柴進等人趁着混亂，殺死了看守牢房的差
吏，救出了被關押多時的盧俊義和石秀。

　　梁中書見翠雲樓起火，又聽到滿街的**吶喊**
聲，知道大事不好，就和李成帶着幾十名士兵
殺出南門逃走了。

攻下大名府後，吳用派人撲滅了各處火焰，並打開糧倉，分發食物救濟滿城百姓。

幾天後，眾好漢帶着繳獲的錢糧回到了梁山。盧俊義也帶着燕青入伙梁山。宋江帶領諸將領下山迎接，隨後大擺筵席，慶祝勝利。

第三十六回
大仇終得報

　　梁山泊如今人丁興旺，但宋江心裏始終惦記着一件事，那就是替晁蓋報仇。

　　這天，宋江聽説曾家五虎又把梁山泊的兩百匹好馬搶走了，怒不可遏：「晁天王的大仇未報，我日夜不得安心。這次他們竟然又來搶奪馬匹，如果再不鏟除他們，豈不被天下人恥笑？」

　　吳用聽了，便派人前去打探曾頭市的情

況，根據蒐集到的情報，與宋江一起制訂了作戰計劃，決定分五路攻打曾頭市。

　　很快，曾頭市的探子就收到梁山大軍進犯的消息，並報告給太公曾弄和史文恭。史文恭立刻帶人做好迎戰準備。

　　梁山大軍殺到後，曾塗披掛上馬，率先出戰。「小溫侯」呂方提着方天畫戟衝上前，和曾塗打了起來。兩人戰了三十多個回合，呂方漸漸**招架不住**。「賽仁貴」郭盛

見了，一拍戰馬，飛槍出陣，舉起手中的方天畫戟夾攻曾塗。三個人槍戟並舉，打作一團。

花榮怕呂方和郭盛吃虧，便暗中向曾塗射了一箭。曾塗大叫一聲，掉下馬來。呂方、郭盛一起將其刺死，曾家大軍只好撤回去。

曾塗戰死，史文恭又氣又恨。到了晚上，他對曾弄說：「今夜**月白風清**，我們可以前去劫寨。」

到了二更左右，他帶着曾密、曾索等人悄悄來到梁山營寨內。哪知衝進去一看，寨裏一個人也沒有。史文恭知道中計了，忙傳令退軍。

然而已經晚了，隨着一聲鑼響，四周火把齊明，不知有多少梁山泊人馬吶喊着衝殺過來。混戰之中，史文恭、蘇定和曾密衝出了重圍，逃回本寨，而曾索被解珍一鋼叉刺死了。

太公曾弄見又死了一個兒子，越來越傷心。

他怕戰不過梁山泊人馬，弄得**家破人亡**，第二天便叫史文恭給宋江寫信求和。

宋江收到求和信，打開一看，見上面只說「犒勞三軍，送還所奪馬匹」，並沒有任何賠罪的話，不由得大怒。

吳用想了想，決定將計就計，派時遷、李逵等五人前去假意講和。這五人來到曾頭市，受到了曾弄的熱情招待。曾家不僅歸還搶來的馬匹，還交出了帶頭搶馬的郁保四。

時遷等人把郁保四帶回了營寨。吳用對郁保四說：「只要你**歸順**我們，回去後依計行事，我們保證不殺你。」郁保四答應了。

　　郁保四回到曾頭市，對史文恭說：「宋江其實無心講和。只不過因為聽見青州救兵到了，他們十分驚慌，才勉強答應。我們今晚可以乘機偷襲。」

　　當夜二更時分，史文恭、蘇定、曾密、曾魁帶領士兵，悄悄向宋江大寨奔來。誰知他們衝進寨中之後，發現又

是一座空寨。

史文恭知道又中計了，還沒反應過來，就聽到「**轟隆**」一聲火炮巨響，呂方、郭盛、解珍、解寶從四面殺了過來。

史文恭等人拚死衝出重圍，帶領殘敗人馬向本寨逃去。

史文恭逃到一片樹林，正想歇口氣，不料從林中跳出兩個人，大喊：「史文恭，哪裏逃！」史文恭來不及躲閃，被砍中大腿。

原來這兩個人是盧俊義和燕青。他們活捉了史文恭，帶回梁山泊。宋江帶領眾好漢在晁蓋靈前處死了史文恭。

　　晁蓋的仇終於報了。大家一致推舉宋江做
梁山的新寨主，讓他帶領眾人。宋江推辭不過，
只好答應。眾英雄好漢按次序而坐，一共是
一百零八位。

　　宋江讓人做了「忠義堂」的牌匾掛在廳前，
又在山頂上立了一面「替天行道」的大旗。這
天，眾好漢**歃血誓盟**，盡醉方散，只有那「替
天行道」的大旗在晚風中獵獵作響。

中國經典名著系列
水滸傳

原　　著：施耐庵
改　　編：幼獅文化
責任編輯：陳奕祺
美術設計：張思婷
出　　版：園丁文化
　　　　　香港英皇道499號北角工業大廈18樓
　　　　　電話：(852) 2138 7998
　　　　　傳真：(852) 2597 4003
　　　　　電郵：info@dreamupbooks.com.hk
發　　行：香港聯合書刊物流有限公司
　　　　　香港荃灣德士古道220-248號荃灣工業中心16樓
　　　　　電話：(852) 2150 2100
　　　　　傳真：(852) 2407 3062
　　　　　電郵：info@suplogistics.com.hk
印　　刷：中華商務彩色印刷有限公司
　　　　　香港新界大埔汀麗路36號
版　　次：二〇二二年六月初版
　　　　　二〇二三年九月第三次印刷

ISBN：978-988-76251-0-0
Traditional Chinese Edition © 2022 Dream Up Books
18/F, North Point Industrial Building, 499 King's Road, Hong Kong
Published in Hong Kong SAR, China
Printed in China